Pesadelo Tropical
Marcos Vinícius Almeida

ABOIO

Pesadelo Tropical

Marcos Vinícius Almeida

Supõe-se que seja verdade que os que não conhecem a história estão condenados a repeti-la. Não creio que o conhecimento nos salve. O que é constante na história é a ambição e a tolice e o amor ao sangue e isso é uma coisa que até mesmo Deus – que sabe tudo que se pode saber – parece impotente para mudar.

Cormac McCarthy,
Todos os belos cavalos.

E, seja por causa das muitas vítimas assassinadas pelos homens do Montanha, seja porque o medo da morte nos caminhos tornou assombrados os lugares de violência na região do ouro, até hoje ninguém nascido em Minas Gerais recomendará ao viajante passar a noite pousado próximo aos cimos do Caminho Novo: por ali continuam se propalando histórias sobre aparições de luzes misteriosas em noites de chuva forte, de almas de homens assassinados rondando o local de sua morte, de assombrações brancas que se materializam para perturbar o sono dos viajantes, ou de cavalgadas sobrenaturais pelas terras altas da Mantiqueira.

Lilia M. Schwarcz e Heloísia M. Starling,
Brasil: uma biografia

Debaixo de gritos, de todo o corpo lhe é tirada a pele. Não é senão carne viva.

Ovídio,
Metamorfoses

Nota de orientação

Há muitas formas de ler um livro. Neste caso, pelo menos três:

1. Na ordem natural das páginas, intercalando os capítulos romanos e arábicos.
2. Na ordem cronológica: leia primeiro os capítulos em números romanos, do I ao VII, depois volte aos números arábicos, do 1 ao 7. E depois leia o Epílogo.
3. Na ordem arqueológica: leia primeiro o Epílogo, depois vá até o primeiro capítulo em arábico, depois leia o primeiro em romano. E continue nessa ordem, até o final.

Leitores heterodoxos podem se contentar apenas com os capítulos romanos, ou apenas com os arábicos. À vontade.

I

Para os nativos destas terras, a Colônia não é o Novo Mundo: é um amanhecer depois do Apocalipse. Quando desembarquei deste lado do oceano pela primeira vez, foi essa a impressão. Não encontrei aqui um mundo novo, mas as ruínas de um mundo arcaico, mais antigo e ancestral, um mundo tão antigo e ancestral quanto as árvores e as pedras. Esses nativos esquecidos da própria língua, meio vestidos e meio nus, são sobreviventes daquele mundo antigo, um mundo que acabou.

Tampouco há qualquer projeção do Paraíso Terrestre nos olhos um tanto insensibilizados, um tanto órfãos, das legiões de negros descendo dos barcos. Um cheiro de sal, de musgo, de peste. E quando um dos homens, o mais castigado, vai ao chão, recebe como brinde açoites e pancadas. O sangue que sai dos corpos dos negros tem o mesmo vermelho do dos brancos, mas esse detalhe ínfimo, ao que parece, escapa à compreensão dos carrascos. E pouco interfere na cotação do ouro. O problema parece ser espiritual.

Achas que esses pagãos têm alma?, indagou-me certa vez um jovem sacerdote nas colônias da África.

Pra falar a verdade, eu disse, tenho duvidado até de mim.

Não crê nas palavras do Messias, na ressurreição dos corpos?

Olhe ao seu redor, meu jovem. As santas palavras do seu Messias são lâminas de mil pontas. Se existisse um sopro de vida além dos corpos, seria melhor estar no inferno.

Isso foi há muito tempo. Nunca mais vi o jovem padre.

A julgar pelas vestes e pelos hábitos à mesa, disse o homem que eu aguardava, interrompendo minhas notas, posso afirmar que estamos diante de um professor.

Minha fama de mercenário, eu disse, não faz justiça à minha aparência. Retirei do bolso a carta que havia recebido.

Pois seja. E fez um sinal aos seus homens, que se puseram a guardar as portas.

Gostaria de reencontrar aquele jovem padre. A verdadeira fé sempre me pareceu uma defesa contra a catástrofe da vida. A barbárie natural dos homens. Conheci poucos anciões que ainda acreditassem em alguma coisa. Quanto tempo ele resistiu?

Seus companheiros, disse o homem, são sujeitos rústicos, como o senhor terá a oportunidade de constatar. Mas são versados na geografia do sertão, acostumados à peleja com índios e quilombos. Pausa: Não é fácil encontrar escribas mercenários nessas terras, disse o homem, e os relatos das suas caçadas são famosos nos nossos meios.

Bondade sua.

Antes de sair, ele me explicou que meus três companheiros aguardavam num acampamento escondido na mata. Embora fossem homens úteis para esse tipo de serviço – e talvez por isso –, não eram bem-vindos na cidade.

Segui pela estrada indicada. Na terceira curva do caminho, segundo me disseram, e de fato aconteceu, encontrei uma velha árvore seca. Depois da árvore, uma trilha que ia abrindo passagem rumo à serra. Onde a trilha se bifurcasse, também me disseram, eu deveria seguir à esquerda. Ao final da trilha, uma gruta. Os homens estariam lá dentro.

Era de se estranhar que mercenários optassem por uma caverna em vez de uma taverna ou prostíbulo, mas esse estranhamento inicial logo foi deixado de lado: ao avistar a gruta, me deparei com um sujeito barbudo, completamente nu, perseguindo duas senhoras vestidas. O homem, sem notar minha presença, deu uma rasteira na mais frouxa das senhoras e caiu por cima. A outra desapareceu na mata. Para evitar constrangimentos, esporei o cavalo e me fiz notar pelos barulhos. Um herói.

O homem se levantou num golpe e correu para dentro da gruta. E num segundo voltou enrolado em trapos puídos, acompanhado de outro homem. Armados. E mirando minha cabeça. A mulher permaneceu deitada.

Não se preocupem, senhores. Podem continuar a festa. Se eu quisesse matá-los ou prendê-los, já tinha feito.

O barbudo, enrolado em panos, trazia duas pistolas à mão e deu um tiro para o alto. Depois resmungou alguma bestialidade que não pude entender. Mas o outro homem, um mestiço – mais índio que branco –, parecia menos afeito a selvagerias. Baixou a arma e pediu desculpas pelo comportamento intempestivo do companheiro. Então o barbudo se ofendeu: mirou a arma na cabeça do mestiço e ameaçou lhe arrancar os olhos e jogar o corpo, ainda vivo, para os porcos. O impávido mestiço não disse uma palavra. Sacou o punhal e o encostou no pescoço do barbudo. Logo acostuma, disse um terceiro homem, que se aproximava atrás de mim. Mas não se deixe julgar pela primeira impressão. Quando estiver cercado por um bando de selvagens, vai agradecer a Deus por ter esses demônios do seu lado, ele disse.

Um sujeito albino de quase dois metros de altura. Careca e sem qualquer pelo no rosto. Vestia uma bata cinzenta que lembrava os missionários franciscanos, poderia muito bem se passar por um deles, não fossem as armas que trazia na cintura e o aspecto andrógeno. Em todas as minhas andanças por terras e mares, nunca tinha visto um homem como aquele.

O gigante albino caminhou até eles e disse algumas coisas que não pude ouvir. O barbudo abaixou a arma e o mestiço guardou o punhal. Então ele foi até a mulher e apontou uma trilha na mata. A mulher saiu em disparada.

Os três sentaram-se próximos à fogueira. Aves inteiras atravessadas por espetos de pau e o chiado do sangue e da gordura pingando no interior do fogo. O calor era um manto úmido e quente e sufocante. Ao redor daquela fogueira, descobri que o mestiço se chamava Mair, e o barbudo, Moisés. Apertei suas mãos sujas e marcadas de cicatrizes. Quanto ao albino, que me pareceu um homem extremamente instruído e argucioso, mas cuja origem estava envolta em mistério, era chamado pelos companheiros de Cigano. Ele próprio conduziu as apresentações, breves e sem maiores detalhes, como se aqueles homens tivessem surgido, cada qual por si mesmo, das sombras daquela caverna, apenas com a pronúncia de um nome.

Eles faziam pequenos acertos de contas, qualquer tipo de serviço, a quem pudesse pagar. Caçavam escravos fugidos e espantavam índios bravos que ainda insistiam em saquear fazendas e pequenas vilas. Mas, segundo eles mesmos disseram, nada como isso que tinham que fazer agora.

De fato, seria impossível a quatro homens, como nós, caçar e matar Januário, porque segundo relatara o comandante, ao que o Cigano confirmou, além de contar com um bando fortemente armado, o proscrito despertava a simpatia da população. Tentativas de infiltrar homens disfarçados no bando nunca funcionaram. Os espiões eram sempre descobertos e terminavam esquartejados e jogados nas portas de quartéis e igrejas. A saída, conforme o capitão tinha sugerido, e o Cigano também achara a melhor das hipóteses, seria viajar até a capitania de Mato Grosso, onde ainda havia tribos de guaicurus, os índios cavaleiros, algumas afeitas ao ouro e propensas à negociação. Até então arredios e invencíveis, os índios assinaram havia mais de um século um acordo de paz e colaboração com a Coroa Portuguesa. E o Cigano tinha lutado ao lado dos guaicurus em guerras antigas e disse que havia entre os caciques um velho amigo, a quem seria relativamente fácil convencer. Na primeira lua cheia de novembro, se tivéssemos sucesso na nossa empreitada no Mato Grosso, desceríamos rumo à Comarca do Rio das Mortes, enquanto uma tropa partiria de São Paulo, pelo caminho da Mantiqueira. Januário e seu bando não teriam forças para combater em duas frentes. Encurralados no alto da serra – onde, dizia-se, os proscritos vinham construindo uma vila –, seria rendição ou morte.

Para convencer os índios cavaleiros, o Cigano levava um pequeno baú, com ouro e prata. Uma insanidade. Proscritos dessas terras ermas têm o nariz afinado. Farejariam uma lasca de ouro a léguas de distância.

O Cigano se inclinou sobre a fogueira e arrancou uma das coxas do espeto e ali mesmo de pé a enfiou na boca.

Há um homem chamado Natã, disse e cuspiu as lascas de osso no chão. Um jesuíta, um dissidente, um pária. Vive nas margens do Rio Grande. Eu o conheci há muito tempo e esse homem me deve um favor.

Que favor?, perguntou Moisés.

Esse homem conhece coisas que a maioria dos homens sequer suspeita que ignora, o Cigano disse. Ele é aquilo que homens como você talvez tomassem por um feiticeiro. Eu vi ele jogar um miúdo saudável na cama apenas com meia dúzia de palavras. Palavras que não eram outra coisa além de barulhos, o Cigano disse. Mas o que importa é que esse homem me deve um favor e amanhã vamos cobrá-lo E depois do Cigano se calar, nada mais foi dito. Minha experiência e minhas andanças pelo mundo me ensinaram que na companhia de tais pessoas o silêncio é uma vantagem que se deve manter.

Os homens então entraram no interior da caverna e começaram a ajeitar suas tralhas. Pegamos a estrada com o sol no meio do céu.

Uma trilha pelo canto da serra, com uma floresta maciça diante de nós. A copa das árvores capturava a luz de tal modo que a noite já começava a nascer dentro da mata. O ruído de animais irrompia daquele mundo como uma linguagem que nós, homens, expulsos do paraíso, não temos mais condições de compreender. Naquela trilha abandonada, Mair seguia à frente, logo atrás vinham Cigano e Moisés. Vez ou outra, o mestiço sacava o facão e partia um cipó. Não havia conversa. Apenas o resfolegar dos cavalos e o silêncio inumano mais além.

O maior perigo dessas terras, disse Mair, em tom professoral, são os jaguares. Meu povo diz que eles nascem amarelos. E cada vez que comem uma alma, uma mancha preta cobre seu corpo.

Montamos acampamento à beira de um pequeno córrego. Desarreei meu cavalo e me sentei na grama para descansar. Mair acendeu a fogueira e depois tirou de sua bolsa um cachimbo e um saco cheio de fumo de Angola. Ele sacou um tição do fogo e acendeu. Então esticou o cachimbo na minha direção.

Obrigado, eu disse. E dei um trago modesto.

Já tinha experimentado fumo de Angola nas colônias da África, e também nos cabarés de Lisboa. Mas nada como aquele fumo.

Roubei as sementes de um velho pajé, disse Mair. Muito especial. Apenas em ritual e apenas o próprio pajé pode usar.

É realmente mágico.

Três tragos e as árvores começam a falar.

O Cigano tinha desaparecido. Moisés tentava pescar alguma coisa no córrego. Estrelas começavam a surgir como gotas de luz fora de foco e o zumbido da água e o som estridente dos grilos conversando com os sapos. Não ouvi a voz de nenhuma árvore. Mair me contou algumas histórias sobre o pajé, e alguns causos de batalhas e emboscadas. Traguei o cachimbo e também contei algumas histórias de minhas aventuras nas colônias africanas, jornadas pelo mar e também sobre povos exóticos e animais que ele nunca tinha visto.

Peguei o diário e escrevi algumas impressões. A verdadeira fé é uma espécie de febre. Cega e mata.

Moisés apanhou meia dúzia de peixes e começou a amolar a faca na pedra para limpá-los. Sob o ruído da lâmina, o Cigano surgiu caminhando nas águas, subindo o córrego. Completamente nu. A brancura do seu corpo reluzia impenetrável às trevas, que já àquela altura se precipitavam. Algum tipo de ser doutra natureza. Trazia numa das mãos um animal morto e jogou o animal na direção de Moisés. Agachou próximo da fogueira e ficou estudando o fogo.

Pois veja, disse o Cigano. Então temos agora entre nós um escriba, um evangelista deste mundo sem Deus. Um homem que empurra a vida dos homens para fora da própria vida.

Encarei o Cigano com curiosidade. Ele sorriu e depois continuou:

Há muitos séculos existiu um reino de cartógrafos, muito famoso em todo o mundo antigo, justamente pela técnica que eles empregavam na construção de mapas. Os cálculos eram tão precisos que até detalhes pequenos, como uma lasca de pedra, podiam ser guardados dentro dos mapas. Os fazedores de mapas ficaram cada vez mais famosos e cada vez mais obcecados. Tinham por pretensão guardar nos seus mapas a totalidade das terras que visitavam. No auge do seu desvario, ergueram um mapa da mesma extensão do seu reino, que cobriu o Sol e a Lua. Só aí constataram o absurdo de seu propósito. Rasgaram o mapa em quatro grandes pedaços e o lançaram em terras ermas. Durante muito tempo aquelas lascas de couro arderam sob o sol, servindo de abrigo para as serpentes do deserto.

Ninguém disse nada, esperando que o albino explicasse a charada.

Mas houve uma segunda geração de cartógrafos, prosseguiu o Cigano, ainda mais rigorosa e cuja técnica ia muito além daquela primeira geração. Quando ergueram um mapa do tamanho do reino, como na geração anterior, passaram a morar no mapa. E seus mapas continuaram a crescer a cada nova empreitada. Então o novo projeto tinha agora o dobro do tamanho do reino, e depois quatro vezes os limites da pequena terra em que tinham nascido. Os mapas iam se alargando de tal maneira que o antigo reino era ele mesmo uma pequena folha de papel dentro de um gigantesco mapa cujos limites eram maiores que uma vida de caminhada.

Que porcaria de história é essa?, Moisés se levantou. Já ouvi muita bobagem nesse mundo, mas nunca uma aberração desse tamanho.

Mair começou a rir e o Cigano continuava agachado junto ao fogo.

De minha parte, não compreendi o sentido daquela charada de imediato. Só agora, quando escrevo estas memórias, suspeito de sua moral.

O homem que vamos visitar amanhã, disse o Cigano. Um sabedor de oráculos. Um necromante. Não digam nada além dos seus nomes e devem se calar até que eu ouça tudo que ele tem a dizer. Então o ato será consumado e a dívida do pária esquecida.

Mair ofereceu o cachimbo ao Cigano e o Cigano o tomou para si e saiu andando na escuridão, em direção aos cavalos.

Ele nunca dorme, disse Moisés. Às vezes eu acordo no meio da noite e vejo esse desgraçado nu, rodeando a fogueira.

Uma cabeça estreita como a sua não entende tal coisa, disse Mair.

E que diabo de coisa é isso?, Moisés apontou a faca suja de sangue na direção de Mair. Escute bem, cara encardida: eu não vou com a tua fuça. E antes que essa história toda chegue ao fim, nós dois vamos acertar a mão.

Mair apenas sorriu e não disse nada.

Moisés esquartejou o animal sob a luz da fogueira. Entalhou espetos e transpassou na carne e depois os fincou no chão, próximo do fogo. O chiado das gotas de sangue caindo na brasa. As sombras se moviam ao redor do acampamento e deslizavam sobre outras sombras mais antigas e espessas. Por muitas vezes meus olhos procuraram naquela dança de sombras trêmulas algo como formas, figuras que nos vigiavam. Mas talvez minha cisma não fosse outra coisa senão o duradouro efeito do fumo de Mair.

Comemos em silêncio, cada qual no seu canto. Dormi com o barulho das águas e o estalar da fogueira.

Estava no alto de uma montanha. Mais adiante, uma planície de plantas rasteiras e esguias. Tudo era estranho naquela paisagem. Um pajé sem rosto surgiu de repente e se aproximou de mim. Não me despertou qualquer temor. Seus gestos eram lentos e seu corpo pintado com um pó branco e traços e formas de uma enigmática geometria vermelha.

Falava numa língua que não se parecia com nada que eu tivesse escutado na vida. Ruídos muito antigos. Ranhuras de madeira contra madeira, da terra quando se move sob o chão. Não vinham de sua boca, emanavam de algum lugar anterior. Tudo ecoava dentro da minha cabeça. E dentro da minha cabeça sua mensagem era clara: o pajé me disse que tinha sonhado com seus ancestrais, e que eles haviam lhe dito que os corpos dos guerreiros não podiam descansar, porque seus restos mortais e suas terras e suas mulheres e descendentes e também seus deuses foram profanados. E seriam profanados pelos séculos dos séculos. O pajé ficou em silêncio. Atrás dele, avistei uma legião de soldados em marcha pela planície. Então o pajé se transformou num jaguar e desceu as escarpas arrancando lascas de pedra e fogo por onde passava. Seu rugido se misturava ao som de um trovão. À frente do regimento, um homem, que talvez fosse um antigo general, erguia uma bandeira esfacelada e guiava aquela legião cadavérica. Foi aí que a coisa mais impressionante aconteceu: o jaguar saltou de uma distância absurda, bateu as patas na cabeça do cavalo e dali deu outro salto e engoliu a cabeça do general num golpe. E depois começou a estraçalhar o cavalo. Os homens atiraram contra o animal, com tudo que tinham, mas os tiros não eram nada além de barulhos secos. Outro jaguar apareceu. E mais outro. E os homens tombaram despedaçados, ainda vivos, e seus gritos desesperados ecoavam por toda a planície. Quando as feras terminaram de devorar os homens, um daqueles animais ergueu a cabeça e me fitou nos olhos. Saiu em disparada, na minha direção, e já estava então ali mesmo, a poucos metros de me alcançar, como se não respeitasse nem a distância e nem o tempo de um percurso. Quando senti sua respiração na minha nuca, acordei num salto.

O que você viu, estrangeiro? O Cigano. Sentado diante do fogo e envolvido num cobertor, como se aguardasse meu retorno daquele delírio. Alguma sorte?

Os fantasmas desta terra falam alto demais para a cabeça de um homem, eu disse.

Viu algum mar de vidro misturado com fogo?

Não. Nada que valha.

1

Escrevi cinco páginas hoje. E apaguei trinta. Fazia quase seis meses que não abria o arquivo. Isso é um grande avanço. Nesse ritmo, logo chegaremos à obra perfeita: a impecável página em branco.

É uma boa síntese do processo. Poucos avanços. Muitos recuos.

Já não saberia mais dizer onde este livro começa. Tampouco sei onde termina. Me sinto preso num labirinto de notas preparatórias para um texto que nunca encontra definição. Um rascunho sem fim. Aproximações. Tentativas. E muitas falhas. Feito a vida.

A única diferença substancial entre vida e ficção é que na ficção as coisas se repetem. Então devem se repetir. Metodicamente. À exaustão.

Mas todos nós conhecemos a célebre narrativa de um profeta de pele escura. Há milhares de anos no Oriente. Sob o sol. Enquanto tentava expulsar um demônio de um corpo frágil, indagou o nome desse espectro das trevas.

O demônio, sem temor, torceu a língua e respondeu: Meu nome é Legião, porque somos muitos.

Os espíritos impuros saíram do homem e entraram nos porcos e os porcos debandaram num abismo.

Talvez exista aí alguma suspeita de verdade.

*

Talvez a história do livro que tento escrever tenha começado com escavações, cacos de osso, um cemitério de leprosos. E as histórias meio doidas que o velho Tião das Almas me contava.

Garrafadas, Preto Velho, fazenda assombrada.

Tião das Almas. Tião Feiticeiro. Tião Benzedor. Tião dos Quebranto. Eram muitos os nomes.

Morriam de medo do Tião. Mas quando a coisa apertava, e sempre apertava, ninguém queria saber de padre, de reza, de livro. Só das ladainhas do Tião. Tudo de boca. As palavras assombradas do Tião. As preces que ele mesmo *acessava.*

De onde ele tirava aquilo tudo? Uma cabeça só não inventa nada.

Eu gostava demais do Tião. Ainda gosto. Tá aqui o Tião. Enterrado nestas páginas.

*

Tião morava do lado da Igreja Velha.

No terreno da igreja, há mais ou menos duzentos anos (é aqui que começa esta história?), ergueram uma capela, na antiga fazenda onde havia surgido o povoado que deu origem à cidade.

Maria José do Espírito Santo. Acho que era esse o nome da mulher que doou o terreno.

Muitos anos depois, em meados da década de sessenta, construíram outra igreja, onde hoje é a praça central. Fruto do desejo de modernização da época, a arquitetura da igreja nova é tão sofisticada quanto uma caixa de sapatos. Ao longo dos anos, agravando a situação, reformas na fachada e nos fundos – como as grades instaladas na parte da frente, para coibir a presença de mendigos e vagabundos na marquise central daquela morada do Senhor –, só fizeram por descaracterizar ainda mais algo que já não tinha nenhuma alma.

Nunca fui católico. O que é algo estranho pra quem cresce num lugar assim. Mas costumava acompanhar um amigo, que era coroinha, na hora de tocar o sino. Na época, eu não entendia a razão de o padre usar crianças para tocar o sino. Mas hoje, lembrando do cheiro de madeira podre das minúsculas escadas no interior da torre, das teias de aranha, dos ninhos de pombas, do bolor e do mofo nas paredes, parece compreensível que apenas o corpo miúdo de uma criança pudesse subir aquelas escadas.

Não tocava o sino durante as missas, quase nunca as frequentei. Apenas aquelas a que a escola me forçava. Forçavam todo mundo. Crente, espírita, pagão, seja lá o que for. Tocávamos o sino depois da Ave Maria, todo santo dia, às seis horas da tarde. Versão de Schubert, rodando em um velho toca-discos quarenta e oito rotações. Os chiados e cliques do vinil saíam ainda mais poluídos nos dois velhos alto-falantes fixados na torre da igreja. Lembro-me bem disso: do sol alaranjado colorindo as serras, as pedras de quartzito amareladas da praça, os telhados coloniais, os caminhões despejando os peões das pedreiras nas ruas. E aquele canto ressoando num agudo estridente por quase toda cidade.

Se me recordo bem, toquei aquele sino também em alguns enterros. Era um toque diferente do repique exaltado ao final da Ave Maria. Dois toques, apenas, como que empurrando a toada lenta do cortejo que avançava, silencioso, morro acima, em direção ao cemitério. Quando o cortejo desaparecia da vista, o sino da igreja se calava. E um outro sino, menor, mais discreto, soava dentro do cemitério. Chamando o morto.

*

Não me lembro de nenhuma missa de corpo presente na igreja perto da minha casa. Como é natural nesses casos, com a construção da nova igreja, começaram a chamar a antiga de Igreja Velha. O padre a abandonou. Com cadeados nas portas. Capim batendo no peito de um homem. Mato rodeando tudo. Até de cima do telhado tinha brotado grama. Três ou quatro cavalos vadios pastando entre os postes de ferro cinzento carcomido. E numa roda de causos, ou numa noite sem luar, sempre havia quem dissesse que a igreja era mal-assombrada. Não sei. Mas lembro bem das paredes caindo aos pedaços e o telhado afundando. Buracos, pombos, ratos. Não sei se ainda havia imagens de santos lá dentro. Se os santos sobreviveriam lá dentro.

Sei que ao lado da Igreja Velha havia meia dúzia de montes de areia. Desde sempre estiveram ali. Montes de areia que seriam usados numa reforma desde sempre anunciada e desde sempre protelada, como o retorno do próprio Messias. A areia tornou-se parte da paisagem, um pequeno deserto onde construíamos estradas e túneis, e dávamos voadoras, tombos, rasteiras.

*

Eu adorava aquela areia. Meu pai também, mas por outro motivo. Quando reformou o banheiro, ele roubou umas sete latas de areia dali, no meio da noite. Minha mãe achou errado, como também achava errado a gente brincar lá (nenhuma mãe gostava). Mas não era por causa dos cachorros vadios e dos cavalos que pastavam por ali, devorando as pontas de capim-gordura e braquiária, enchendo o lugar de esterco.

A Igreja Velha, conforme me disse o velho Tião das Almas, escondia um antigo cemitério. Um cemitério de bexiguentos, leprosos.

O corpo do caboclo começa a desmanchar antes mesmo que o espírito tenha tempo de escapar, dizia o Tião.

E o Tião sabia das coisas. Era fuçado com espírito.

Não há mais cemitérios assim. O que o velho Tião disse, e outras pessoas vieram a confirmar, foi que mudaram o cemitério de endereço. Eu demorei a entender isso. Não construíram outro. Só mudaram de lugar. Talvez porque estivesse lotado, cheio demais, e não houvesse espaço para novas covas, ou talvez porque fosse crime abrir covas sobre covas, misturar os tempos daquelas mortes. Os leprosos eram forçados a viver em construções erguidas longe do alcance das cidades, isoladas. Construções que recebiam o nome de colônias. Colônias de leprosos. Mas esse afastamento, isso é importante, não era apenas uma questão de saúde pública. Nas escrituras sagradas, e na história, não são raros os casos em que a lepra figura como uma maldição divina. Durante séculos e séculos, os leprosos foram vistos como almas condenadas, pecaminosas, fulminadas de uma vez por todas pelos critérios misteriosos da cólera de um deus desde sempre incompreensível. O que ficava disso tudo era essa lenda de que tinham mudado o cemitério de lugar. O que sempre me pareceu um absurdo. Lápides, placas, e até os cacos de osso, tudo bem, dá pra transportar. Difícil é mudar os fantasmas e espíritos de lugar. Não sei se essas coisas respeitam decretos, leis, despachos de um prefeito empreendedor. Os esqueletos dos leprosos ainda estavam ali, afundados, engolidos pelo abismo do chão, sufocados pela terra. Seus espíritos certamente não poderiam descansar, depois de serem revirados.

*

Lembro que as máquinas chegaram por volta das oito da manhã. Eu tinha uns sete ou oito anos. Todo mundo tinha uns sete ou oito anos. A gente não sabia muito bem o que esperar. Então os homens começaram a escavar o barranco e a arrancar as velhas pedras que cobriam o piso. Éramos crianças cujo imaginário tinha sido adubado por filmes da *Sessão da Tarde* e os causos do velho Tião das Almas. Nossa expectativa era que múmias ou caveiras como as de *Jasão e os Argonautas*, ou aquelas caveirinhas de *Golden Axe*, se levantassem da terra e atacassem os peões da prefeitura. Pensando nessas coisas, sinto uma saudade absurda do velho Tião. Desde que me lembro do Tião, ele tinha problemas de saúde. Sua casa exalava um cheiro forte, um odor acre de urina, de mofado, no quarto, nas roupas, por cima de tudo. No final, ele fazia um esforço danado pra se levantar da cama. A gente ia até a casa dele capinar a horta a troco de meia dúzia de moedas, um saco de mexericas e, às vezes, só para ouvir histórias. Foi assim que ele contou que tinha trabalhado na última reforma da Igreja Velha, há muitos anos.

Um padreco da cabeça redonda, dizia o Tião, nem barba tinha, mal chegou aqui e vendeu a porta e o sino da igreja. E o sino e essa porta hoje são tudo falseado. Foi seu Olavo quem fez a porta. E o sino, sei lá, mandaram trazer de Aparecida do Norte. O de verdade venderam. Passaram no cobre. Crime, disse o Tião. O sino foi parar em uma capela lá em Ouro Preto. E a porta em São João Del Rei. Tião também disse: A máquina cravou os dentes no barranco e foi uma gritaria só. Começou a rolar osso de defunto ladeira abaixo. Esse lugar ficou assombrado, Tião não cansava de repetir. Malassombrado.

*

Se me permite um desvio, admiro muito a força espantosa daqueles caquinhos de osso que surgem silenciosamente sob as carícias de um pincel, lupa, pazinha de arqueólogo. Um mísero detrito, menos que nada: enterrado tão fundo no silêncio da terra, jaz agora semelhante à própria terra. Mas então um novo ossinho insignificante descoberto na África de repente golpeia o edifício do tempo. É menor que um palito de dente, mas tem a potência de um átomo cindido. Feito sismos que lançam montanhas ao chão, empurrando sem descanso continentes de um lado a outro lado do globo. A descoberta de novos ossinhos arrasta a vida dos homens e dos peixes a épocas longínquas e até então inexistentes. Como se as placas tectônicas que sustentam as eras e os séculos se deslocassem alguns milênios para trás, abaladas por um choque sem precedentes. Há poucos meses, um grupo de arqueólogos descobriu caquinhos de osso de hominídeos no Marrocos. Hominídeos da nossa espécie, *Homo sapiens*. Segundo os pesquisadores do Instituto Max Planck de Antropologia Evolutiva que assinaram o artigo revelando a novidade, os caquinhos de osso descobertos no Marrocos empurraram o tempo de vida da nossa espécie em pelo menos trezentos mil anos para trás. Veja: nossa era tem dois mil e pouco anos, a vida de um homem de saúde privilegiada raramente passa dos cem. E estamos falando de trezentos mil anos. Pura vertigem, pensar nessas coisas. Tudo isso sempre me pareceu uma espécie de milagre. Pois não é assombroso que um mero caquinho de osso tenha o poder de revelar a vida de homens cuja existência sequer suspeitávamos que desconhecíamos? Trezentos mil anos arquivados nessas minúsculas ruínas de um corpo. O passado nunca está pronto. Continua a ser construído, reformulado, explorado. O passado é algo tão aberto e vertiginoso quanto o futuro.

*

Claro que eu nem suspeitava dessas coisas naquele dia. Meus amigos e eu vivíamos em um estágio pré-científico. Se a palavra arqueólogo fosse de repente pronunciada, a única coisa que vinha à cabeça era Indiana Jones. Pois me lembro até hoje daquelas cavernas cheias de aranhas, vermes, do ritual de sacrifício em que o coração de um nativo era arrancado ainda pulsando. Não. Nossa expectativa girava ao redor de caveiras sombrias, fantasmas, almas penadas, assombrações. Mas nada acontece do jeito que a gente espera. A máquina parou, só que não houve gritaria. Apenas silêncio. Um dos funcionários enfiou a mão dentro da boca da máquina, mexeu na terra e depois ergueu um osso. Um fêmur pela metade. Uma lasca de perna. Nada além disso. Os homens enfiaram o osso num saco e não sei pra onde levaram. Talvez tenham ido perguntar ao prefeito o que fazer. Tudo passava pela mesa do prefeito. Se uma galinha botasse um ovo fora de hora, levavam a galinha e o ovo até ele, para que ele deliberasse sobre o assunto. Soube por esses dias, através de um amigo, que esse velho prefeito voltou ao cargo na última eleição. Quando abriram as urnas, os eleitores fizeram um abraço coletivo ao redor da igreja – não a velha, mas a nova, com grades na marquise – e rezaram uma Ave Maria. Algumas coisas nunca mudam, passe o tempo que passar. Em todo caso, quando as máquinas se afastaram, Marcelinho Black e eu pegamos umas colheres e facas de cozinha e ficamos ali, escavando o barranco em busca de algum esqueleto. Escavando e escavando. Nenhuma caveira. Nenhum baú apodrecido cheio de moedas de cobre.

Meu trabalho rendeu meia dúzia de toquinhos de osso. Não sei se eram de gente, de cachorro, ou pedras fossilizadas. Só sei que enfiei aquilo tudo numa caixa de sapatos. E depois escondi aquela caixa embaixo da cama, como uma relíquia. Mas minha mãe encontrou a caixa no dia seguinte. E jogou tudo fora. Falou de doença, homens sem dedos e nariz. Isso pega. Acho que foi aí que tudo começou. Tive um pesadelo terrível naquela noite. Meu rosto caindo, aos poucos, orelhas e dentes, pedaço por pedaço, meus dedos rolando no chão. Mas o pior, o pior mesmo, era a minha pele: inteira, sobre a cadeira, parecendo um lençol.

Um vento frio queima toda a superfície do meu corpo, sem casca, esfolado, minha alma.

Acordo aos berros. Tocando meu rosto. Meus braços. Procurando minha pele.

*

Tião estava sentado no banquinho de pedra, do lado de fora da casa. Pitava seu cigarro e já rasgava uma folha de palha preparando outro. As pontas dos dedos amareladas, uma calça surrada, cheia de fumo. Me encarou por debaixo da aba do chapéu marrom.

Terminou a aula já? Tossiu. Despejou o fumo na palha. E começou a enrolar.

Já sim.

Colocou o cigarro novo no bolso da camisa. Não mexe com pito, não, menino. É um trem encrencado. Levantou o chapéu e ficou me encarando. Qual o problema, rapazinho? Tá esquisito pra burro.

Tô nada, seu Tião.

Tá. Tá que eu tô vendo.

Desviei os olhos por cima da cabeça dele e mirei um cachorro vadiando lá em cima na rua.

Aquele trem do cemitério de bexiguento te deixou impressionado, foi? O cigarro apagou e ele acendeu outra vez. Fica catando osso de defunto. Dá no que dá.

Mais ou menos.

Tá escrito no branco do teu olho. Soltou a fumaça. Pigarreou. Pode me contar.

Ainda olhei mais uma vez por cima da cabeça dele, mas o cachorro tinha sumido. Aí eu disse: Me arrancaram a pele. Tudo. Até as unhas.

Tião franziu o cenho por baixo do chapéu. Apagou o cigarro na palma da mão e bateu a mão na perna pra espantar a cinza e depois me encarou desconfiado. Vou te contar uma coisa, escuta bem. Não tem nada pior que bicho sem pele, tá me ouvindo? Arrancou a pele, vupt, o espírito vaza pra fora. Coisa boa não vem. Tem uma história, uma história bem antiga. Essa cidade era puro nada. Uma briga por terra. E então arrancaram o couro de um rapaz ali em São Bento Abade. Igual um bezerro sem pele, já viu? Arrancaram o couro do rapaz ainda vivo. Já ouviu falar da Fazenda do Tira Couro?

Não, senhor.

É, aconteceu nesse chão. Januário Garcia, conhece?

Quem?

Januário. Ele andava com um colar esquisito no peito.

Tião desenhou o colar de uma ponta a outra da garganta. Depois disse: Um colar de orelhas. Então isso virou o nome dele. Sete Orelhas.

Nunca ouvi falar.

Era primo do meu bisavô, disse Tião. Pior que o diabo.

II

O segundo dia de jornada começou com um céu inóspito. Nuvens de um cinza pálido encobriam o horizonte e uma névoa hostil se derramava pelo vale. Acordei com o barulho dos cavalos se movendo. A fogueira exalava uma macilenta fumaça indistinta da cerração. Imagens daquele sonho da noite anterior irrompiam sem que eu pudesse extrair qualquer significado. Comi os restos de carne e as lascas de pão e um chá de ervas ainda morno. Mair se aproximou e sentou ao meu lado. Como não disse nada, puxei assunto.

Quanto tempo?

Meio dia de jornada, ou menos. Depende muito. Depende do *pressentimento* do Cigano.

Juntei minhas coisas e ajeitei o cavalo. O Cigano tinha saído junto de Moisés para explorar as redondezas. Surgiram então de volta no meio da névoa e apontaram na direção do sol poente.

O caminho até as terras do necromante tem suas próprias privações, disse o Cigano. Uma velha estrada entre as serras, onde o sol se esconde antes do tempo. Há um mercenário aleijado, chamado Saul. E um bando herético cujo mínimo de civilidade desapareceu como poeira no ar. Mas no fundo são uns covardes e só atacam cortejos civis e de poucas defesas. Não devem se meter com a gente.

Já na estrada, o Cigano ordenou à Mair que fosse à frente. Trovões começaram a crepitar nas nossas costas enquanto uma chuva rala nos lavava o rosto. Alcançamos Mair no alto de um mirante, mocosado, entre as árvores.

Quantos?, perguntou o Cigano, já saltando do cavalo. O ronco seco do chão quando seu corpo bateu contra ele era um gemido sufocado no interior da terra.

Doze ou quinze. Mas é difícil dizer, disse Mair. Talvez escondidos dentro da mata.

Bem, disse o Cigano. Nada além do *previsto*.

Subiu em seu cavalo e seguiu pela estrada como um velho peregrino que caminha sobre a terra guiado por alguma astúcia divina. Fomos logo atrás e sem demonstrar qualquer hostilidade.

Os mercenários de Saul logo nos avistaram e empunharam suas armas e formaram fileiras dos dois lados da estrada. Velhas armas cobertas de óleo e poeira e espadas enferrujadas e lanças esculpidas em lascas de pedra e cobre. Suas roupas eram menos que trapos e misturavam trajes nobres e couro de animais e guardavam em seus olhos aquele arregalo que apenas os homens dos confins da terra ainda portavam. Um bando de náufragos do século passado, desterrados e famintos, perdidos dos hábitos da terra natal, mas também um tanto inaptos à vida selvagem. Um dos homens correu em direção à mata e voltou acompanhado de um velho de um braço só. Esse velho de um braço só era o próprio Saul. O aleijado. Ele parou no meio da estrada e ergueu o braço solitário.

A estrada está fechada, disse.

O Cigano abriu um sorriso plácido e amistoso. Vejam, homens. Esse é o grande Saul, o senhor dessas paragens.

Saul permaneceu em silêncio e seus homens fecharam um círculo ao redor de nós. Moisés ameaçou pegar a arma, mas uma pancada rápida e certeira o lançou ao chão.

O Cigano continuou sorrindo. Moisés deitado sob a mira de três mercenários.

Ora, ora, disse o Cigano. Por muito menos Saul arrancou as pernas de um primo bastardo do Bispo de Campanha. E por menos ainda separou a cabeça do corpo de Maria dos Anjos, prometida do jovem alferes Bartolomeu. Mas esses meus homens não são como nós dois, Saul. Não conseguem ver a *natureza* real das coisas.

O velho sem braço encarou o Cigano com curiosidade.

Já nos encontramos muitas vezes nesta estrada, nesta mesma situação. E muitas distantes vezes nos encontraremos, até que cada uma das estrelas seja enfim abatida pelo derradeiro crepúsculo, disse o Cigano. E todas essas vezes, à beira do infinito, esses pequenos homens de cabeça estreita sequer suspeitam das teias invisíveis que os envolvem, nem ao menos podem sonhar com os veios subterrâneos que arrastam suas vidas. Mas você, Saul, você sabe muito bem do que eu estou falando. Você já viu o outro lado, já contemplou o mundo do avesso.

O Cigano saltou de cima do cavalo num golpe. Ele abandonou suas armas enfiadas na sela e andou na direção do velho aleijado. Sorriso amplo, sereno, simpático. E abriu os braços e depois estendeu a mão ao mercenário e começou a cochichar alguma palavra íntima e preciosa.

Ficaram todos em silêncio na esperança de ouvir tais palavras. Mas não podiam alcançá-las. Tampouco domar os enigmas que aqueles sussurros pareciam resguardar. Se meia dúzia daquelas palavras caíssem nos seus ouvidos, suas línguas e depois suas bocas tão logo mortas incendiariam como brasa.

O Cigano lançou o braço no ombro do velho Saul e os dois caminharam na direção da floresta e desapareceram e depois voltaram rindo e trocando observações ao pé do ouvido. E que tipo de coisas aqueles homens conversaram é difícil saber. O que dá para saber é que depois daquilo o Cigano voltou para o seu cavalo e os homens de Saul nos arranjaram mais duas cabaças d'água e um pouco de pólvora e um arco e flecha e lascas de carne seca num saco e no fim das contas seguimos em frente bem melhores e mais animados do que antes.

Havia algo de delirante naquilo tudo. Minha intuição se confirmou quando duas léguas depois ouvi o trote de cavalos no nosso encalço. E eram mesmo os homens de Saul e o próprio Saul, encolerizado, recém-desperto dos feitiços e ardis tramados pelas doces palavras do Cigano.

Primeiro vieram as flechas, zumbindo rente ao ouvido. Depois o estalo seco dos bacamartes e garruchas. Mair e Moisés atiraram para trás, a esmo, esporaram os cavalos e desaparecem à frente, procurando guarida no cerrado. Era o sensato, o que qualquer homem faria num caso desses. E foi também o que eu fiz. Mas o Cigano não é *qualquer* homem.

Enquanto eu fugia, vi aquele gigante albino frear bruscamente seu animal. As unhas do bicho fincaram no chão e as pernas do cavalo dobraram-se e ele gemeu e refugou e parecia que ia se partir em dois. Mas logo ele deu um golpe de cabeça e girou o pescoço e girou sobre o próprio eixo e parou virado para trás, encarando aquela legião de proscritos. O Cigano sacou a arma. Uma estátua de mármore de repente esculpida naquele sertão. Mirou sem pressa nenhuma. Bum. O cavalo de Saul tombou no meio da tropa, derrubou mais dois ou três desgraçados. Meia dúzia de cavaleiros ainda vieram por mais seis ou sete metros. Vinham portando baionetas, que reluziam sob o sol. O Cigano permaneceu imóvel, inviolável, indiferente ao mundo e aos homens, recarregando lentamente sua pistola com chumbo. Estavam sozinhos, afinal, aqueles bandidos devem ter constatado, sozinhos diante daquele ser gigantesco. Os cavaleiros continuaram galopando, mas já fazendo uma meia lua um tanto quanto brusca e então no mesmo ritmo estavam agora correndo em sentido contrário, fugindo no rumo do próprio bando. O Cigano guardou a arma e saiu em disparada.

Desbravamos aquela mata cerrada até toparmos com uma cava intransponível. E a cava percorria um longo caminho rente à mata até se espraiar numa campina seca, pretejada, ainda exalando aquele gosto de incêndio. O Cigano fez um meneio de cabeça para Mair, que logo se embrenhou naquela cava, para ver se estávamos sendo seguidos.

Nada, ele disse quando voltou.

A cabana do necromante está além daquele vale, disse o Cigano, ao norte daquela pedra com cara de gente.

Parece mais cara de bicho, disse Mair.

Olhando bem, pensei comigo, aquele rosto esculpido pelo vento talvez fosse um pouco dos dois, como quase tudo nessa terra selvagem.

A cabana do velho necromante tinha sido construída no interior da floresta, numa época sem data, em que talvez nenhum de nós ainda tivesse nascido. O Cigano disse que o necromante tinha chegado a essas terras numa era arcaica, antes mesmo que os primeiros caçadores de índios, com seu ódio e ganância, as desbravassem naquelas bandeiras sanguinárias, deixando para trás um rastro de morte, desterro e orfandade. O necromante havia respirado aquele ar remoto, antigo, quando as minas de ouro ainda dormiam ocultas no ventre da terra; e aquela legião de homens de pele escura – poderosas nações tão antigas como a força do próprio homem – sequer suspeitava que seus filhos, e os filhos dos seus filhos, seriam então obrigados a escavar as entranhas da terra, cada vez mais fundo, como que compelidos a desbravar o oco da terra, procurando um caminho mais rápido, um atalho, um veio subterrâneo que desembocasse direto nas portas do inferno.

Nada disso fazia sentido. Fugia mesmo à mínima lógica da ciência e da razão. Nem mesmo o corpo de Matusalém, que padecia de uma lentidão mineral, poderia resistir ao castigo inexorável do tempo. Pois até as rochas mais resistentes acabam esfoladas no sopro inocente do vento. Mas as palavras do Cigano, e o próprio Cigano, pareciam habitar uma atmosfera fantasmal, em que a justa medida dos anos e dos tempos escapava da razoabilidade.

Restos de tochas sem vida e também caveiras pregadas nas árvores, algumas delas miúdas demais, do tamanho da face de uma criança. Uma trilha sombria e com cheiro de morte. Tal artifício não assusta sujeitos ilustrados, como eu, mas devo admitir que pode funcionar muito bem para espantar esses viventes com o coração ingênuo ainda enterrado em um mundo de sombras, feitiços, lunáticos sermões de sacerdotes.

Má sorte, disse Moisés. Isso é sinal de má sorte.

Nenhum cristão acredita de verdade no inferno, disse o Cigano. Pois se acreditasse não conseguiria sequer respirar sem ouvir esse segundo sopro do demônio que o acompanha desde o nascimento.

Os cavalos resfolegavam nervosos. Era necessário manter a rédea firme. Depois de uma curva, a trilha despencou abrupta numa clareira. Havia ali um pequeno rancho de madeira, com um velho fogão à lenha lançando fumaça no céu. O Cigano foi o primeiro a saltar do cavalo e logo em seguida descemos todos. Parados e olhando ao redor e esperando que Natã, o necromante, aparecesse. Ficamos esperando. Mas nada. Nada além do vento castigando as árvores.

Silêncio, disse o Cigano, como que pressentindo um estreito lance de futuro.

A porta da cabana deu um estalo e abriu. A madeira rangendo lentamente até encontrar a parede do próprio rancho e estacionar silenciosa, sem pressa. Um velho encurvado e vestindo trapos, ralos e longos cabelos cinzentos, veio caminhando da escuridão, seguido por dois jovens negros, com as faces pintadas. Alguma coisa naquela cena me perturbava. Alguma coisa que talvez eu jamais fosse capaz de entender.

Quando saíram os três do rancho, um dos negros ofereceu ao necromante um pequeno cajado e lhe sussurrou algumas palavras ao pé do ouvido. O necromante ergueu a cabeça, abriu a boca sem dentes, num gesto estranho, sem sorrir, desenhando um círculo invisível, mastigando alguma coisa do ar, talvez espiritual, ou apenas testando os músculos petrificados da própria face. O outro negro deu um passo à frente e colocou um escuro manto nas costas do velho. Uma capa real, um sombrio sudário de um cristo sem povo, envelhecido, que pregasse apocalipses quiméricos àqueles únicos seres. E então os três vieram numa toada lenta para o meio da clareira, numa procissão, como se o próprio Tirésias, banido de suas terras, repousasse agora condenado a definhar nesse sertão dos confins da terra. O velho sentou-se em um toco de árvore, no meio da clareira, diante dos restos de uma fogueira de pura cinza. Os negros prostrados ao seu lado. Leais estátuas de rejuvenescidos cavaleiros mouros, guardiões de castelos e de honras há muito desaparecidas do mundo.

O velho ergueu a mão, num gesto. Ao redor do seu pescoço, havia um colar com sete guizos de serpentes.

O Cigano foi à frente e o seguimos depois. E o silêncio do Cigano só não era mais assustador que o silêncio daquele velho decrépito.

Existiu um sábio pastor que certa vez encontrou duas serpentes, começou o velho. Serpentes. Pigarreou. Enroscadas na mais pura iniquidade. O sábio pastor ergueu seu cajado e golpeou a cabeça de uma das cobras. E como aquela que morreu era fêmea, ele roubou a alma da cobra e se transformou em mulher. Mas o sábio pastor não se abateu. Pois depois de sete anos sangrando pelas pernas nas viradas de lua, esse mesmo sábio disfarçado de mulher encontrou outra vez duas cobras praticando o pecado. Golpeou a cabeça de uma delas e voltou a ser o pastor de antes.

O Cigano sorriu.

Que destinos sombrios trazem estes homens à cabana de um velho eremita?

Seus olhos já viram aquilo que talvez minha boca iria perguntar, disse o Cigano. Mas mesmo o futuro já apreendido pelos olhos do oráculo necessita ainda ser praticado para que a própria visão do sábio e o próprio futuro alcancem seu fim.

O velho outra vez abriu a boca, naquele movimento silencioso e circular. Um peixe sem escamas que tentasse capturar o ar pela primeira vez. Sua grande língua branca e cinzenta exposta e os barulhos ocos e secos da mandíbula endurecida cobriam de ainda mais estranheza aquele gesto tão particular.

Fala, disse o Cigano.

Aquilo que está por vir chegará, mesmo que me cortem a língua, disse o velho. Ele sussurrou uma ordem aos negros que saíram no rumo da floresta e voltaram cada um protegendo um sapo nas mãos. Deitaram os sapos de costas e depois um dos negros estendeu uma faca ao velho. Ele golpeou e abriu o primeiro sapo e cravou os dedos lá dentro e arrancou as vísceras e não olhou para elas.

Antes que o homem que procura se mostre, dois cavalos cairão, mudos, sem alma, disse o velho. Abutres devoram seus corpos sem cabeça e voam no céu marcando o lugar da sua morte. Um grande incêndio. Um grande guerreiro, Sabará. Esse guerreiro retornou dos mortos, mas seu corpo cai agora profanado à beira de uma cachoeira.

O velho estocou o segundo sapo e arrancou as vísceras e outras vez as ergueu e a brancura petrificada dos seus olhos era ainda mais glacial.

Vejo um rei negro e guerreiros com foices. Mas ao alvorecer soldados brancos e sem alma não pouparão nem mesmo as crianças. Um homem será esfolado e sua pele esticada sob o sol. E além desses fatos, nem os olhos de Deus – que enxergam até o miolo das pedras – podem ver.

O Cigano então fez um sinal a Moisés. Ele sacou sua arma e acertou um dos negros na testa e esse negro tombou como árvore seca e o segundo negro no peito e esse segundo caiu gemendo. Em dois passos o Cigano já pisava na garganta do negro e lhe estocava tão rapidamente a faca no abdômen que o sangue mal tinha tempo de jorrar e já encontrava outro golpe e o jorros e golpes se misturavam e o Cigano se ergueu com manchas de sangue escorrendo da face pálida e o braço tingido de vermelho vivo como num ritual pagão e havia apenas o necromante sentado a respirar em silêncio como um velho rei cego que comtemplasse mudo as ruínas de seu reino destruído diante de seus próprios olhos. Nada se movia. Suas mãos sujas de vísceras repousadas nos joelhos brancos e decrépitos e os sapos sem vísceras e inertes como pedras e também aqueles dois negros ainda sangrando como duas estátuas santas de argila chorando por milagre colados à terra.

Meu Deus, disse Mair.

O Cigano foi até a cabana do necromante e voltou com uma corda e um rolo que parecia uma velha carta náutica ou mapa apócrifo, e reencontrou o necromante ali sentado e com ares de morto e talvez aquele velho já estivesse mesmo destruído antes mesmo de ter saído daquela cabana ainda há pouco. Pois a brancura daqueles olhos cegos cobertos de nata talvez já tivesse contemplado os possíveis lances de futuro que nunca iriam se realizar. Mas então ele abriu a boca daquele jeito esquisito uma última vez e quem sabe eu esperasse alguma feitiçaria ou maldição: um jorro de vespas do inferno que saíssem em chamas do seu estômago e nos envolvesse todos numa cegueira de enxofre. Nada disso. Restava só a deprimente e silenciosa carcaça de pele e osso e músculos atrofiados. De histórias. Talvez outrora sua alma vibrasse e estremecesse os corpos dos mais valentes guerreiros. Um poderoso bruxo cuja mais gratuita palavra fizesse dessas árvores, tão antigas quanto o próprio mundo, frágeis gravetos a se dobrar e se retorcer e se quebrar. Mas agora era menos que um homem. E talvez por isso existisse um pouco de piedade na brutalidade rústica do Cigano em envolver a corda no pescoço do velho Natã e puxá-lo para cima como um saco de frutas podres preso num galho. Mair ainda mirou por piedade na testa do velho necromante que agonizava nu debaixo daquela acaju-catinga, debatendo-se contra nada e vento e as pernas secas buscando desesperadamente o chão, mas só encontrando o vazio. O Cigano fez que não balançando a cabeça e fomos embora sem olhar para trás e quanto tempo aquele velho dos cabelos brancos durou é difícil dizer. E isso tudo foi no ano de mil e oitocentos e três do nascimento do Nosso Senhor Jesus Cristo.

2

Quem se aproxima da pequena cidade de São Bento Abade, no Sul de Minas Gerais, pela estrada que vem de Três Corações, logo começa a se deparar com placas turísticas indicando a localização de uma tal *Figueira do Tira Couro*. Ao falar com moradores locais, o turista descobrirá o relato de um crime brutal: naquela figueira, um homem chamado João Garcia Leal teve a pele do corpo toda arrancada. Ainda vivo.

A data do crime é incerta. Na toada da fala, o antigamente empregado pelo contador ressoa tão remoto que esbarra nas fronteiras da dimensão fabular do era uma vez. No imaginário popular, o crime gerou uma vingança.

Um pacato fazendeiro, recém-nomeado Capitão de Ordenanças, é a personagem principal dessa narrativa: Januário Garcia Leal, que ficaria conhecido pela alcunha de Sete Orelhas.

Se a figueira se tornou um monumento histórico-turístico à beira da estrada, encontramos, na principal avenida de São Bento Abade, uma cinzenta estátua de concreto, castigada pelo tempo. Um homem de chapéu, sentado num cavalo, mirando algum ponto no horizonte. Às suas costas, brotam raízes de uma árvore, com o tronco apenas insinuado. Nesse pequeno povoado de cinco mil habitantes, Januário Garcia, que vingou a morte do irmão com as próprias mãos, é um herói lendário.

Na memória do senhor Vicente Lima, morador de São Bento Abade, as famílias Silva e Garcia disputaram uma divisa de terra por mais de um ano.

Sem uma resolução para a querela, armaram uma tocaia para pegar João Garcia.

A estrada que eles tinham pra vir aqui, disse o senhor Vicente Lima, que o João Silva tinha pra vir aqui em São Bento, passava embaixo da figueira. Então eles se esconderam embaixo da figueira, os irmãos Silva, os sete irmãos Silva. E já vieram preparados de corda, com facas boas de corte e deitaram ali embaixo da figueira. Então, quando ele, João Garcia, veio e passou embaixo da figueira, os irmãos Silva se levantaram, pegaram ele à força, amarraram, penduraram no galho da figueira e tiraram o couro dele.

*

Escrevi o texto anterior em dois mil e dezessete, para um congresso internacional sobre o romance histórico no século XIX, que aconteceu na Universidade de São Paulo (USP). Havia pouca gente na sala. Antes de mim, uma professora da Universidade Federal do Piauí (UFPI) falou de um obscuro escritor regional, tão obscuro quanto Januário Garcia. Ao final da minha fala, um silêncio constrangedor. Um jovem de boina, que, descobri depois, era um doutorando recém-ingresso na Universidade Federal Fluminense (UFF) e cujo projeto investigava a não menos obscura tradição do *roman à clef* na literatura brasileira, perguntou como eu tinha chegado a esse problema. Eu disse que tinha crescido numa cidade vizinha. E que ouvia essa história desde criança. Silêncio outra vez. Ele disse que essa história daria um bom documentário, que a transmissão da lenda, da memória oral que se transforma em lenda e que depois se transforma em ficção e que depois volta a ser memória oral, era fascinante. Nada mais foi dito. No corredor, uma professora de origem portuguesa, que dá aulas na Universidade Sorbonne – seu sobrenome talvez fosse Ruivo ou Louveira, não sei bem – me interpelou.

Temos um problema bem interessante aqui, não é?

O cabelo preto recortando o rosto ovalado. Falava com aquele tipo de clareza que fazia qualquer questão complexa parecer simples. Citando Walter Benjamin, ela me disse que eu tinha em mãos um claro exemplo de que todo documento da cultura é um documento da barbárie. Eu concordei. Quando ela se despediu, tirei um exemplar do meu livro de contos da mochila. Assinei, anotei meu e-mail, entreguei. E abri um sorriso besta. Ela nunca me escreveu.

O tempo estava fechado. Voltando de ônibus para o metrô Butantã, espremido contra o vidro, fiquei pensando que talvez tivesse sido uma péssima ideia apresentar um romance como parte de uma dissertação de mestrado. Mas agora era tarde. Faltavam apenas dois meses para a qualificação. Minha vida, como que imitando a falta de coesão e método daquele pretensioso trabalho literário-ensaístico, tinha se transformado numa bagunça sem fim. Talvez eu nunca fosse capaz de contar aquela história da forma que eu gostaria de contar. Criar a estratégia que capturasse o leitor e causasse aquela curiosa impressão que as histórias do Tião sempre me causavam. Pesquisando e recolhendo material sobre o assunto – e talvez ainda não tenha entendido totalmente essa revelação – eu procurava a transmissão de uma forma: os gestos de Tião. Ninguém contava uma história tão bem quanto ele. Fazia qualquer um acreditar em qualquer coisa. Quando ele pegava a palavra, era um acontecimento. Do jeito que ele manejava a língua, tudo era possível. Apesar do meu esforço, apenas acumulava um punhado de notas, rascunhos, ensaios sobre ensaios em constante estágio de preparação. As palavras na boca do Tião contaminavam qualquer um. Desde que o ouvi pela primeira vez, estive possuído por aquele entusiasmo.

*

Era semana de prova. Eu só tinha visto o Tião meio de longe. Quando eu ia entrar em casa, olhei pra esquina lá embaixo e lá embaixo estava o Tião. A fumaça por cima da cabeça. O cachorro costurando as canelas.

Tião tirou o cigarro da boca e soltou um assovio agudo. E Borracha parecia entender o recado. Disparou numa loucura só. Vinha latindo e com os dentes brilhando pra fora. Mas aquilo era o jeito dele. O jeito que ele tinha de rir.

*

No sábado, logo cedo, eu já estava rodeando a casa dele. Fiquei ciscando e chutando pedras de um lado a outro. Então escutei dois solavancos e o portão de madeira estremecer parecendo que ia desmanchar. Tião apareceu sem chapéu e a cabeça era um ovo escuro de avestruz com cabelo branco lambido pra trás. Era difícil dizer se estava rindo ou resmungando ou tossindo ou tudo ao mesmo tempo. O cigarrão de palha dançando igual uma caneta branca enfiada no canto da boca.

Dormiu na rua, rapazinho?

Não, senhor.

Borracha derrapou por entre as pernas como se tivesse surgido do chão, bateu as patas na minha cintura e depois mordeu o canto do meu chinelo.

Desafasta, disse Tião das Almas. E soltou um assovio curto e pisou duro. Não deixa não, menino. Entra pra dentro.

Sentei no rabo do fogão e o Tião na banca do outro lado da cozinha pequena. Tinha mais fumaça saindo do cigarro dele do que da boca do próprio fogão. Ficou parado em silêncio por um tempo. Como se estivesse calculando a circunferência do ponto correto no qual havia interrompido a história.

Ele sumiu, disse o velho Tião. Ficou desnorteado depois que o irmão foi despelado vivo. Vendeu tudo, desapareceu no ar. Ninguém sabe o que ele fez naqueles dez anos. Perambulou pra tudo que é canto. Tem gente que diz que ele ficou com medo de morrer também, dos assassinos do irmão pegarem ele de tocaia. Mas acho que não. Acho que ele deixou a coisa esfriar. Deixou o povo se esquecer dele. Esquecer do ódio. Esquecer do rosto dele. Caboclo de cabeça quente enfia os pés pelas mãos. E se quiser acertar as contas na medida tem que deixar o sangue refrescar. Foi isso que ele fez. Deixou tempo com tempo. Sereno. E quando todo mundo achou que ele tinha sumido, quando todo mundo pensou que aquele crime tava esquecido de vez, ele voltou. Cabeça fresca, sangue manso. Porque aquilo que ele tinha que fazer tinha que fazer sem vacilação. O sangue esfriou, é verdade, mas o ódio aumentou. E não tem nada pior nesse mundo que ódio tranquilo. Raiva mansa.

*

Do ponto de vista da morte, escreveu Walter Benjamin, em *Origem do drama barroco alemão*, a vida é o processo de produção do cadáver. Nunca entenderei *realmente* essa frase. Qual o sentido *disto*? O que mais me assombra nessa construção, carregada de morte, não é tanto o cadáver abandonado na oração, mas sobretudo as palavras *processo* e *produção*. Há *um sentido natural* na vida caminhando para a morte? Não é apenas isso. O cadáver – expressão barroca por excelência – é um processo que produz. E não é outra coisa senão cadáveres que encontramos na paisagem do barroco mineiro, no espaço de ação de Januário. O homem do barroco convive com a morte e o mal. A morte e o mal são o esquadro do seu código de moralidade, uma moralidade orientada pelo castigo do corpo e pela vingança lavada com sangue. Se encontramos a dor manifesta nos rostos de santos esculpidos em pedra sabão, essa dor, ao revelar o êxtase e a ascensão pela degradação radical do corpo (feito Cristo, em carne viva, na cruz), essa dor revela também o peso da indiferença de um deus sempre mudo e a distância inexorável de um céu sempre inalcançável. *Por que me abandonastes?* O luxo exagerado de capelas e igrejas cheias de ouro serve mais como obstáculo do que como símbolo apontando para a salvação. As infinitas dobras do barroco materializam a distância infinita entre a beleza do luxo e a concretude do vazio, da fome e da miséria em que vivem os homens e mulheres do sertão mineiro. Talvez esse homem soubesse que havia, em algum lugar, esperança, como escreveu Kafka, mas essa esperança e beleza infinitas não eram, e nunca seriam, para ele.

*

Walter Benjamin. *Origem do drama barroco alemão*. Página cento e noventa e nove, traço, página duzentos. Tradução de Sérgio Paulo Rouanet. O que jaz em ruínas, o fragmento significativo, o estilhaço: essa é a matéria mais nobre da criação barroca. Pois é comum a todas as obras literárias desse período acumular incessantemente fragmentos, sem objetivo rigoroso, confundindo estereótipos com enriquecimento artístico, na incansável expectativa de um milagre.

Os literatos barrocos devem ter considerado a obra de arte como um milagre, nesse sentido. E se ela lhes aparecia, por outro lado, como o resultado calculável de um processo de acumulação, as duas perspectivas são tão facilmente conciliáveis como, na consciência do alquimista, a *obra* miraculosa com as sutis receitas de sua teoria. A atitude experimental dos poetas barrocos assemelha-se à prática dos adeptos. O que a Antiguidade lhes legou são os elementos com os quais, um a um, mesclam o novo todo. Ou, antes, não há mescla, mas construção. Pois a visão perfeita desse *novo* era a ruína.

*

O grande elemento diferenciador do caso Garcia Leal, diz Célia Nonata da Silva, na página duzentos e sessenta e três do livro *Territórios de mando: Banditismo em Minas Gerais*, é o sentido trágico e dramático inerentes à cultura barroca. Uma cultura da morte e da angústia que encontra correspondência numa sociedade arruinada e decadente, como essa sociedade duplamente fronteiriça da Comarca do Rio das Mortes.

Os sertões da capitania de Minas Gerais, na passagem do século, foram aos poucos se tornando lugares apropriados às formas de vadiagem e marginalidade, lugares infestados por quadrilhas de negros armados e grupos rebeldes, e que a lei e o poder público não alcançavam. Homens que expressam a vida e a arte de viver na ponta do facão, diz Célia Nonata, na página cinquenta e quatro do mesmo livro.

Carla Anastasia, na página quatorze do seu livro *A geografia do crime*, vai no mesmo caminho. Diversos governadores da Capitania queixaram-se ao rei das dificuldades que enfrentavam em controlar os povos daquela área. D. Pedro de Almeida, o conhecido Conde de Assumar, que enfrentou um sem-número de revoltas durante o seu governo, definiu a população das Minas como a escória na terra. Era o inferno na terra, diz Célia Nonata, na página cinquenta e cinco. O inferno: o lugar das maldades naturais. Lugar da ausência da justiça divina. Lugar do mal que é esteticamente feio e por isso deve ser esquecido. Do Mal absoluto. Da maldade para o limbo. Purgatório indecifrável. Supra-humano, irreal, misterioso.

*

Repenso no acampo de Macaúba de Jaíba, soante que mesmo vi e assaz me contaram; e outros – as ruindades de regra que executaram em tantos pobrezinhos arraiais: baleando, esfaqueando, estripando, furando os olhos, cortando línguas e orelhas, não economizando as crianças pequenas, atirando na inocência do gado, queimando pessoas ainda meio vivas, na beira de estrago de sangues... Esses não vieram do inferno? Saudações. Guimarães Rosa, na página setenta e nove. *Grande sertão: veredas.*

*

As fontes historiográficas referentes à figura de Januário Garcia Leal são erráticas, turvas e contraditórias. Se quando criança, assim como o velho Tião das Almas e os moradores de São Bento Abade, eu acreditava que um homem chamado Januário tinha realmente habitado aquelas terras e cavalgado por aqueles campos com sangue nos olhos e um rosário de orelhas no peito, hoje, quando procuro suas pegadas nos arquivos e documentos, nos textos e na memória do povo, encontro um fantasma.

*

Walter Benjamin. *Passagens*. Volume dois. Página seiscentos e oitenta e quatro. O homem só é homem na superfície. *Levante a pele, disseque: aqui começam as máquinas. Depois, você se perde numa substância inexplicável, estranha a tudo o que você conhece e que é, entretanto, o essencial.* Paul Valéry, Cahier B, mil novecentos e dez. Tradução de Irene Aron, Cleonice Paes Barreto.

*

Um detalhe ínfimo – ignorado, ao que parece, por todos os livros que encontrei até agora –, sejam historiadores ou ficcionistas: ninguém se espantou *de verdade* com o fato de que o irmão de Januário fora esfolado justamente numa figueira – essa árvore com suas raízes expostas, tentaculares, que rasgam o chão, serpenteiam o ar e se enroscam e mordem para sempre os troncos e galhos. Obviamente, não cheguei a essa conclusão por meus próprios meios. Não tenho nenhuma pretensão de originalidade, menos ainda de *ideias originais*. Mas eu dizia da figueira, essa árvore sem pele: quem me alertou para essa semelhança, de maneira um tanto fortuita, e numa data que não sei precisar (dois mil e cinco, talvez?), foi André, um antigo mecânico da prefeitura. Na época, eu era recepcionista na biblioteca. Um cara mais ou menos sistemático e de uma inteligência melancólica. Numa daquelas madrugadas com copos lavrados de cachaça, frango caipira com angu, cigarros de palha a perder de vista – embaladas por etílicas análises sociológicas da geopolítica internacional e histórias de assombrações –, caímos no assunto do Sete Orelhas. Pra falar a verdade, não tenho nem certeza se foi mesmo o André quem primeiro comentou dessa relação. Talvez outra pessoa tenha comentado – não é impossível –, mas só quando o André *incorporou* a questão daquele jeito, a coisa fez sentido. Guardei assim na memória: apoiado no balcão de madeira, ele olha pra mim:

Engraçado. Pisca duas vezes. Ri. Traga o palheiro. A própria figueira é uma árvore despelada. Pisca de novo. Estica os dedos de uma mão e passa sobre os dedos, os ossos, da outra. Vai desenhando, num gesto delicado, tocando a superfície da própria pele, como se tentasse reestabelecer a textura essencial das palavras. Já viu? Tudo estufado, pra fora: igual veia, nervo.

Arregalei os olhos. A imagem me apareceu nítida. E reaparece agora, quando escrevo. Cordas, cobras, rabos, fios de energia quando estouram e estralam como chicotes sob efeito de um raio. Tubos vegetais, cipós-serpentes, canos meio vivos. A lógica das veias, dos nervos, dos vasos ramificados. Essas coisas que pulsam e latejam num homem sem pele. O chiado do vento empurrando as folhas da figueira, estou aqui diante dela, o odor das folhas podres aos seus pés, uma caixa cinza em forma de cone, com marimbondos zunindo.

O olhar imaginativo da oralidade pode ter empurrado a imagem do homem sem pele *para dentro* da árvore. O tempo da memória não respeita a ordem cronológica: não há causas e efeitos, quaisquer *linhas* do tempo. Não dá para saber o que veio primeiro. A história do homem esfolado, preso às raízes expostas da árvore, faz brotar a imagem da árvore de raízes expostas. Mas a imagem do homem esfolado só existe porque existiu a árvore. A própria árvore sem pele *lembra* a imagem do homem. Um homem sem pele é a imagem da árvore. Esfolado. Um círculo.

III

Não conseguia parar de pensar naquela imagem brutal do velho enforcado. Os pés descalços e frágeis se debatendo no ar. Durante alguns dias, acordei no meio da noite, um tanto assustado e meio sem ar, levando as mãos à garganta. Perdi até mesmo o entusiasmo em escrever minhas notas neste caderno.

O que aquele jovem padre que conheci nas praias da África diria de tal cena? Um feiticeiro sabedor de oráculos tem alma? De que tipo? E ali, no derradeiro suspiro, quando o chão sulfuroso se abriu, um demônio, exalando um fogo transparente de tão branco, veio finalmente quitá-la?

Não foi a violência em si do assassinato que me chocou. Minha moralidade está longe de ser exemplar. Já cometi atos piores. Mas alguma coisa, além daquele corpo, morreu naquela forca. Um enigma que talvez eu nunca seja capaz de apreender em sua totalidade.

É possível julgar a sabedoria de uma sociedade pela escolha que ela faz diante de um simples dilema ético: imagine uma tribo dividida em três partes, que seja formada por um terço de adultos, um terço de velhos e um terço de crianças. Numa crise de alimentos, prestes a sair para uma jornada, sabendo que a comida que possuem só será suficiente para dois terços, qual terço deve ser sacrificado? Qualquer que seja a escolha, os adultos devem sobreviver. Talvez apenas o Diabo, ou o velho Deus das escrituras antigas, deixassem velhos e crianças juntos, a título de diversão, apodrecendo com fome, até que chegassem ao estágio natural do canibalismo. Um poeta, não há qualquer dúvida sobre isso, resguardaria primeiro as crianças, que são boas quando nascem (e terminam por se corromper na sociedade) e os adultos, pois estes são os mais aptos a protegê-las. Mas um poeta é pouco prático, nada conhece da vida. De minha parte, creio que o correto é garantir a sobrevivência dos velhos, porque os velhos são um portal para os tempos arcaicos. São ao mesmo tempo a garantia de sobrevivência dos costumes de um povo e dos hábitos práticos que garantem essa mesma sobrevivência. Novas crianças arranjam-se com facilidade, aos montes. Os velhos, não: cada velho carrega na memória os restos de um mundo que não existe mais, e o transmite aos seus herdeiros, contando histórias ao redor de fogueiras. O que me perturbou na morte do velho eremita, só depois suspeitei, e talvez só agora possa colocar a questão de forma mais clara, é que um mundo inteiro morre quando morre um velho. E aquele velho era um guardião de um mundo de feitiços, bruxaria, um mundo onde o vinagre podia transubstanciar-se em sangue, um mundo onde lascas opacas de chumbo poderiam, quem sabe, um dia vir a ser ouro. Agora só restam seu nome e seus últimos momentos de vida para sempre aprisionados nestas precárias palavras que escrevo.

Depois de mais ou menos uma semana na estrada e nas matas, sem grandes novidades, os caminhos começaram a ficar desertos. Desapareceram os mascates e os ciganos e até mesmo os assaltantes que havíamos encontrado à beira das estradas por duas ou três vezes. E também esses andarilhos de olhos fundos e, quanto mais fundo penetrávamos na Comarca do Rio das Mortes, mais fundos eram seus olhos enterrados num rosto cadavérico e pálido, uma palidez inumana. Tudo que lembrava alguma civilidade ilustrada ia se apagando. Mesmo o Deus único, aquele de Abraão, ali fechava os olhos, curvava-se ante uma legião de forças menores, forças mais antigas e concretas, fragmentadas em mil sóis e escondidas em cada vivente daquelas bandas. Pois como cada povo tem sua língua singular, e cada língua constrói e lhe ensina a ver e alcançar e manejar o mundo, cada povo tem seu Deus. E só se impõe um Deus a outros povos pelo sangue, pela força da espada que inflige a violência do esquecimento, pela inculcação brutal de crenças estrangeiras em crianças, que pouco podem fazer para se defender da teologia e da sofística maliciosa dos padres déspotas que reinam nessas terras. Mas não há nenhuma teologia capaz de sobreviver à brutalidade desses campos gerais. Nem salmos, elegias, rezas ou rosários. Entre os últimos andarilhos que surgiram, caídos e alucinados, esquecidos dos dias e dos anos, das línguas e dos nomes das coisas, havia um jovem padre espanhol. Bebia a própria urina e comia areia como se fosse trigo e folhas venenosas sem saber. Estava assado e cagado e com bolhas nos pés e na face e na boca e suas unhas crescidas cavavam a terra e nada encontravam. Seu corpo precário era uma contraprova factual de que o homem não passa de uma máquina animal que fala, um pedaço de carne viva. Aquilo que chamam de alma não é outra coisa senão palavras e as palavras são tudo que se pode apreender e herdar do povo e do lugar onde se nasce.

Parece que Deus não gosta muito de você, padre, disse Moisés. Parece que ele não pode mais escutá-lo. E essa voz que você tem escutado e seguido ao longo da vida é sua própria voz, padre. E vai morrer com você.

Moisés queria matá-lo. Há muitos anos, Moisés havia deflagrado uma guerra particular contra Deus, e ali, diante daquele jovem padre, ele encontrou um frágil soldado inimigo, sozinho, sem o amparo das tropas celestes. Mas o Cigano afastou Moisés e deu uma lasca de pão ao padre que mordeu e engoliu aquele pão como um cachorro o faria. Então o Cigano jogou cachaça nas feridas do padre e depois chutou duas ou três vezes o servo de Deus que gemeu e lançou maldições incompreensíveis a inimigos imaginários e ficou ali caído, gemendo e chorando e se retorcendo e sem forças para mais nada senão gemer e chorar e praguejar, e deve ter gemido e chorado até que no último átimo de segundo antes de morrer compreendeu que não havia nada além de pó e osso, esquecimento e o mais absoluto nada. E então seu corpo enrijeceu, e, naquele mesmo átimo de segundo, deve ter começado a apodrecer.

Meu jovem amigo das praias africanas ficaria horrorizado com essa cena. Nenhuma lágrima será esquecida, ele me disse certa vez. Jesus é o consolador. Porque ninguém sofreu algo do tamanho de Jesus.

Temo que tenha sofrido em vão, eu lhe disse. É uma história reconfortante. Há muitas delas pelo mundo, em muitas línguas. Nenhuma história pode desenterrar nossos corpos.

Gostaria de rever meu jovem amigo.

Não muito longe dali o Cigano retomou os evangelhos. Disse que os estudara com um geômetra árabe, há muitos anos. E esse geômetra o ensinara a desvendar os enigmas, os jogos, as cifras matemáticas ocultas naqueles livros. Se acoplados a certos evangelhos expulsos do cânone sagrado, ele disse, era possível descobrir a idade das rochas e calcular o diâmetro dos mares. Mas se há mesmo alguma grande verdade nesse livro copiado pelos monges ao longo dos séculos, disse o Cigano, essa verdade está nas escrituras antigas. Aquele velho Deus que lança maldições em setenta vezes sete gerações de uma família desgraçada, e destrói cidades inteiras sem fazer diferença entre inocentes e culpados, salvando apenas aqueles que Ele escolheu ao acaso, esse Deus absurdo é a motriz divina da própria realidade, cega, irracional, sem explicação. A vida nada tem a ver com a lógica perpetrada pelo Sermão da Montanha. Que tipo de vaidade ingênua leva um homem a achar que pode *agradar a* Deus? Que pode *seguir* seu exemplo? Pois a grande religião do Ocidente começou no Oriente, começou com a desaparição de um morto, uma cripta vazia e a *aparição* de um fantasma. Ora, se houvesse um messias, esse messias só viria quando nós já não precisássemos mais dele, o Cigano disse.

Ninguém respondeu. E o Cigano também não esclareceu nenhuma daquelas charadas heréticas em tom de profecia.

E depois disso só encontrávamos cadáveres de homens, rodeados por abutres ou num estágio de putrefação tão avançado que chegavam a assumir uma forma larval indistinta de um macaco ou qualquer outro bicho que se assemelhasse ao homem. Corpos tão mutilados e desfigurados que a possibilidade de que algum dia algo tivesse habitado aqueles seres havia desaparecido. E o sol selvagem daquela terra selvagem agravava o fedor dos mortos expostos ao tempo. E as mortes ainda frescas se misturavam aos vestígios de outras mortes mais antigas, esqueletos inteiros com sinais de guerra e servindo de morada a vermes e formigas. Cacos de ossos sem brilho cravados e perdidos na terra, tão opacos como as pedras. A certa altura os únicos rastros de cavalos eram dos nossos próprios cavalos e nem mesmo um único cão abandonado podia ser visto naquele sertão mais interior. Como se tivéssemos avançado alguns séculos no futuro – ou recuado a algum passado remoto –, as próprias estradas iam quase que desaparecendo por si mesmas, fundidas à paisagem, abandonadas e engolidas pelo mato bravo que na ausência do homem voltava a conquistar o seu lugar de direito.

Foi à beira de uma dessas trilhas em ruínas que paramos para descansar num fim de tarde. O Cigano mencionou a presença dos botocudos, índios ainda índios, que viviam por aquelas bandas. O mapa que ele havia roubado do necromante tinha sinalizações de antigos caminhos, caminhos que nem mesmo os mais experimentados capitães-do-mato teriam sonhado em descobrir: poderosos reinos selvagens, atalhos, cavernas que furavam montanhas, e talvez até mesmo o lendário tesouro de Aleixo Garcia, um náufrago louco que há três séculos tentara saquear os Incas, juntando um exército pessoal de dois mil e quinhentos índios guaranis, mas que terminara desaparecido nas margens do rio Paraguai.

O sol se precipitava nas montanhas escarpadas à nossa frente. Recolhemos os cavalos e seguimos num trote acelerado ao longo daquele resto de estrada. Até que ao escurecer um cheiro de incêndio encheu o ar e avistamos uma minúscula fazenda enegrecida e com restos de fogo. Brasas do tamanho de homens ainda chiavam do chão. Meia dúzia de camponeses com os rostos cobertos de cinzas contemplava em silêncio o desaparecimento de suas casas e um deles era uma espécie de rezador e erguia as mãos na direção do fogo como se pudesse controlar as chamas. Havia entre eles uma jovem moça cuja beleza destoava daquela paisagem. Mair a encarou desde a primeira vez. Logo à frente e mais adiante, dois escravos enchiam suas latas de areia e jogavam-nas sobre a casa. Os homens nos observaram enquanto passávamos e também os escravos pararam seu serviço, mas depois voltaram a olhar apenas as ruínas da fazenda e a encher suas latas de areia e despejá-las no fogo.

Montamos acampamento aos pés de uma árvore nas imediações da fazenda. Não havia lua e o cavalo de Mair foi picado por uma cobra e Mair matou a cobra, mas já era tarde demais. O cavalo correu em círculos e escoiceando e então cambaleou e caiu e ficou bufando e resfolegando e depois dormiu.

Não vai resistir, disse Mair.

Que serpente era?

Ibiboca. Rouba a alma do homem antes que possa se despedir. O cavalo já está cego. O coração vai inchar e quase explodir e depois vai parar miúdo e duro como um grão de feijão.

Aprendi a respeitar essas medicinas ancestrais de nativos como Mair, embora nem sempre houvesse ciência em seus saberes. Do outro lado da cerca havia um chiqueiro aos pedaços e dois porcos tão fracos que não conseguiam sequer sair do chão. Apenas o fedor e aqueles roncos sem força que pareciam gemidos de homens prestes a desfalecer.

Moisés partiu grossos galhos secos e pegou um desses galhos e fez brasa nos restos de incêndio e ergueu uma fogueira flamejante que clareou nossos rostos cansados e sujos e ali ficamos em silêncio olhando os camponeses que olhavam o fogo. E depois olhando apenas nosso próprio fogo. Um dos camponeses se desgarrou do bando e veio em nossa direção e parou a poucos metros do Cigano, que estava deitado contemplando as estrelas. O homem era jovem, mas suas palavras eram as palavras de um velho. Disse que tinham fome e que tinham perdido tudo. Os botocudos levaram suas filhas e sete dos escravos fugiram e sobraram apenas dois e esses dois estavam doentes e por isso não tinham fugido. E depois os camponeses foram atacados no meio da noite por uns bandidos mercenários que governam essas bandas e que levaram todo o dinheiro que tinham e também suas melhores ferramentas e parte dos mantimentos e disseram que voltariam dali uma semana para pegar a segunda prestação. E o homem repetiu a frase e sorriu, mas ele mesmo não achava graça e ninguém sorriu. O homem então parou um pouco. Olhou ao redor. Olhou o fogo ainda em brasa na fazenda e depois outra vez voltou-se para o Cigano e disse que anos antes havia encontrado um andarilho na estrada e o andarilho lhe dissera que toda aquela região estava amaldiçoada e que os índios e os negros eram mais fortes que o rei e que os olhos do rei eram fracos e não podiam atravessar o mar.

E se não era o próprio senhor Jesus Cristo disfarçado eu não sei o que era, disse o homem.

O Cigano apenas ouviu e balançou a cabeça e sorriu devagar sem abrir a boca. Então aquele homem arruinado naquela terra arrasada se calou e ficou ali parado esperando alguma coisa. Esperando alguma palavra. Uma palavra qualquer. Encarando nosso bando com aqueles olhos famintos de alguma coisa além da fome. Como se nosso bando fosse – a despeito da nossa própria vontade – portador de alguma misteriosa mensagem, tão clandestina e opaca que não apenas a compreensão, mas a própria existência da mensagem nos escapasse por completo. O Cigano pigarreou. Depois disse:

Dois dias. Vamos descansar aqui por dois dias, talvez três. Não sei ainda. Sei que vi um cavalo pastando mais além naquele mirante. O cavalo não está nas melhores condições, não vale quase nada, mas como perdemos um cavalo nas suas terras, aquele cavalo agora é meu. E como nossa presença vai garantir proteção, mande seus escravos abaterem aqueles dois porcos moribundos e salgar a carne e secá-la ao sol.

O Cigano lhe jogou duas moedas. E o homem ficou feliz e sorriu como sorriem aqueles que acham diamantes inesperados escondidos no cascalho em um dia sem esperanças.

Mas depois disse que não havia onde gastar aquele dinheiro e que se vendesse os porcos morreria de fome.

Moisés encarou o homem e depois se levantou e talvez fosse mesmo explicar para ele como esse mundo funciona, mas o homem inferiu tudo antes e já estava longe da luz da fogueira e caminhando na escuridão e nem mesmo seus passos deixavam qualquer barulho no ar. Não era tão burro como parecia.

Foi naquela noite que ouvi as histórias de Mair. Nos afastamos um pouco da fogueira e sentamos em duas pedras mais além e de lá podíamos ver as derradeiras brasas do incêndio da fazenda e também a luz da nossa fogueira. Mair olhou para o céu e disse que talvez cada ponto brilhante fosse um espírito que orava pelos homens. Mas não por homens como nós. Depois tirou seu fumo e preparou um cachimbo e acendeu e tragou e tossiu e depois me passou e ficamos em silêncio por um tempo.

Acredita que o destino dos homens está escrito naquelas estrelas?

Não tenho certeza, eu disse.

Certa vez conheci um homem que podia descobrir a alma de uma pessoa só olhando as estrelas.

Há muitas formas de olhar para o mundo.

Eu não acreditei. Não acho que seja possível saber o que qualquer homem vai fazer ou deixar de fazer. Há tantas curvas nessa vida que um menino nunca sabe o homem que ele vai se tornar.

Eu traguei o cachimbo e devolvi para ele. Parei um tempo olhando as estrelas. E me lembrei de velhos pergaminhos de astrologia e baralhos de tarô com desenhos de monstros e velhos eremitas que podiam auscultar os caminhos submersos do mundo apenas olhando o voo dos pássaros.

Meu avô adivinhava a chuva, disse Mair. E também se uma criança iria vingar ou morrer, apenas olhando a barriga da mulher. Ele encostava a cabeça no chão e sabia traçar as rotas das presas e compreendia muitas coisas que eu nunca vou aprender. Eu nunca o conheci. Apenas as histórias que minha mãe me contou. Ele morreu nas mãos de um branco. Talvez meu próprio pai branco o tenha matado. Ele e toda minha gente. Morreram e tiveram as orelhas arrancadas como troféu e os brancos levaram apenas as mulheres e crianças. Casaram com as mulheres e fizeram filhos de sangue impuro que não eram nem uma coisa nem outra. Eu nunca fui nem uma coisa nem outra. Acho que foi isso que me trouxe aqui.

Mair se recostou na pedra e começou a contar tudo aquilo de que se lembrava. A mãe terminara como serva de um comerciante chamado João das Penas, um homem bom, conforme disse Mair. O homem o educara e ele brincava com os outros pequenos. Mas aos poucos foi descobrindo sua situação. Viu que nunca seria aceito pelos brancos. Fugiu de casa e partiu em busca de seu povo. Perambulou por diversas aldeias. Viveu em terras distantes que a civilização ainda não tinha alcançado. Numa delas se apaixonou por uma jovem índia prometida a um guerreiro puro sangue e desafiou esse guerreiro, mas a índia soube do desafio e saltou entre eles de repente e acabou morta por acidente pela faca de Mair. Ele fugiu e aquele guerreiro ficou no seu encalço e o perseguiu pelas matas durante sete luas e na sétima lua Mair se escondeu no alto de uma árvore e o acertou com uma grande pedra e depois cortou sua garganta e nunca mais voltou àquelas terras. Terminou vagando pelas trilhas como um desses andarilhos dos caminhos ermos, comendo frutas e peixes e também gambás e rãs. Foi parar em Vila Rica e passou dias perambulando e pedindo esmolas e trabalhando em minas a troco de comida e depois à noite ia dormir num velho estábulo onde um senhor chamado Miguel oferecia guarida a alguns mendigos como ele. Mas uma vez esse homem dos Açores esqueceu a porta da casa aberta e Mair e outro sujeito desterrado chamado Simão invadiram o quarto do fazendeiro e roubaram o que puderam. Não foram muito longe. Três soldados os alcançaram nas imediações da Vila, tentando vender o que tinham roubado. Mair e Simão enfrentaram os soldados e terminaram matando um deles, um sujeito ainda com cara de menino. Mas Mair levou um tiro no braço e Simão terminou morto. Foi arrastado para a cadeia.

Seu Miguel estava ali, disse Mair, parado diante das grades. E ele não fez nada. Apenas balançou a cabeça. Na cadeia descobri que aquela não tinha sido a primeira vez que aquilo tinha acontecido. E pode ter certeza que não foi a última vez que roubaram aquele homem. Mas ele nunca parou de encher sua fazenda de mendigos. Uma coisa que eu nunca entendi.

Entre os presos havia um gigante albino. E esse gigante disse que poderia tirá-lo dali. Mair sabia que tal coisa era uma espécie de pacto. Um pacto cujo preço e equivalência ele talvez nunca fosse capaz de apreender em toda sua extensão. Ele disse que eu podia ir embora a qualquer hora, explicou Mair. Mas eu nunca conheci alguém que tivesse cruzado o caminho do Cigano e depois fosse embora.

Logo no primeiro dia naquela fazenda o Cigano se transformou num velho senhor feudal para os camponeses. Eles o obedeciam e o reverenciavam e contavam histórias engraçadas e também aventuras de outros tempos e por fim pediam conselhos sobre a colheita e os ritmos secretos das chuvas e das tempestades. O camponês trouxe o cavalo e parou diante de Mair. Era um pouco mais magro e pálido que o outro, mas ainda assim um belo animal. O camponês mostrou a curvatura traseira e também exibiu os dentes do cavalo e evocou histórias de bravuras e serventia e a linhagem do animal como um desses comerciantes experimentados, avançando com cautela e malícia nos jogos e códigos secretos de um negócio delicado que envolve muito dinheiro. Mas não havia negócio nenhum. Apenas aquela bela jovem, de nome Sara, manteve-se desde sempre distante e desconfiada e até mesmo um pouco arredia com a presença dos forasteiros. Minha intuição me dizia que aquilo era presságio, que a desconfiança da jovem vislumbrava o pior.

Moisés já vinha encarando a moça de modo estranho desde o amanhecer do primeiro dia. Aproximou-se dela logo pela manhã, enquanto Sara dava água aos cavalos. Não pude ouvir nada, mas que obscenidades ele deve ter dito a ela não é difícil imaginar.

Quando Mair e eu fomos arrastar seu velho cavalo morto até rio, com a ajuda dos negros, Sara se aproximou e ficou olhando enquanto passávamos as cordas ao redor do corpo rijo do animal. Olhava com curiosidade, mas ainda assim mantendo uma distância segura. Ela tinha os ombros à mostra e seu vestido rasgado na barra deixava parte de suas panturrilhas expostas enquanto caminhava. Mair fechou o laço e puxou a corda com força, mas uma das cordas estava podre e arrebentou nas mãos do mestiço, que foi empurrado para trás como se tivesse levado um coice de um fantasma. Sara se aproximou dele e o ajudou a se levantar. Eles se olharam e Mair agradeceu. Terminamos de amarrar o cavalo e o arrastamos até o rio. Sara nos seguiu, sempre ao longe. Os negros fizeram uma prece e colocaram cinzas na testa do animal e enfiamos duas alavancas debaixo de sua barriga e então num golpe o cavalo tombou na água e submergiu por inteiro e depois sua cabeça reapareceu como se estivesse dormindo sobre as águas, um sono pacificado, e assim a correnteza o conduziu até sumir na curva do rio.

No terceiro dia Sara desceu pela trilha que levava até o rio e Moisés a seguiu. Mair me olhou e não disse nada e eu também não disse nada. Sabíamos muito bem que tipo de coisa viria dali. Mair se levantou e deve ter pensado em segui-los, pois hesitou por um tempo olhando a trilha do rio. Ele conhecia Moisés melhor do que eu. Mas depois de um tempo ele voltou a se sentar e ficou calado e com o olho parado e fumando seu cachimbo.

O que acha?, eu disse.

Ele me encarou e não disse nada.

Moisés voltou sozinho horas depois com marcas de arranhões no rosto e nos braços e quando escureceu o líder dos camponeses veio falar com o Cigano e queixar-se que sua filha havia desaparecido. O Cigano disse que não sabia de nada e que nada poderia fazer senão rezar para o bom Deus, pois o olho do Nosso Senhor, para quem não há antes ou depois, tudo vê e compreende. E por isso iria recolher todas as almas, sem fazer distinção entre grandes e pequenas, entre bons e maus, entre bárbaros e brancos.

Há muitos índios e ladrões nessas terras, disse Moisés. Uma bela menina indefesa não deve andar sozinha pelas matas.

O líder dos camponeses se calou e clamou pela ajuda do Cigano e o Cigano repetiu que suas obrigações para com o homem já haviam sido quitadas com sobras e ainda jogou meia dúzia de moedas aos pés do camponês que se ajoelhou e as catou e bateu e soprou a poeira e as enfiou nos bolsos. Em silêncio.

Pouco tempo depois os camponeses e os dois escravos acenderam suas tochas e saíram pelo caminho que levava até o rio e seus gritos ecoaram naquelas grotas escuras e se misturavam aos sons dos animais noturnos e despareciam quando o vento mudava de direção.

Foi uma noite longa. Sentei-me naquela pedra onde havia fumado com Mair e fiquei auscultando os chamados dos camponeses nas trevas exteriores.

Ao amanhecer eles voltaram pela trilha como um cortejo religioso com suas tochas apagadas e ainda exalando fumaça e erguendo nos ombros o corpo de Sara. A mãe da menina estava próxima das ruínas da fazenda incendiada e ali mesmo caiu em prantos e rangendo os dentes e rolando no chão como que possuída por algum demônio.

Cigano foi até eles e chamou o líder dos camponeses em particular e falou por muito tempo e o Cigano fazia muitos gestos e depois ele voltou e ajeitamos nossos cavalos e os sacos de mantimentos que os camponeses nos deram e tomamos o rumo daquelas estradas vazias enquanto os escravos começavam a cavar uma cova. Passamos ao lado deles. Dava para ouvir o barulho das lâminas rasgando a terra, mas eles nos ignoraram. Continuaram cavando sem desviar os olhos do chão. Erguiam suas pás e cantavam uma prece dolorida que misturava deuses negros e espíritos brancos.

3

Tião das Almas. O que mais eu sei sobre ele? Teve dois filhos e os dois morreram antes do tempo. O primeiro morreu afogado na bacia enquanto tomava banho. Tinha três anos. O segundo num desmoronamento na pedreira, seu corpo virou um pastel. A mulher morreu pouco tempo depois, de tristeza. Tião ficou sozinho, mas não me lembro de vê-lo triste. Tinha uma risada gostosa e uma disposição de dar inveja, mesmo debilitado por conta da idade, e talvez por causa daquelas histórias que ele inventava, na beira daquele fogão. Aquelas histórias eram a vida dele.

*

Há uma passagem em Grande Sertão na qual os jagunços guiados por Medeiro Vaz estão tentando atravessar o Liso do Sussuarão, um deserto mais ou menos imaginário, na divisa entre Minas Gerais e a Bahia. Estão famintos, sem água, meio doidos e cegos. Aparece um macaco. Os jagunços metem bala no bicho. Limpam, esfolam e comem. Mas já mastigando a carne, espiam direito e descobrem que o bicho não tem rabo. Era na verdade um menino.

*

Já pensou a dor que é arrancar o couro do sujeito vivo?, disse o velho Tião das Almas. Já arranquei muito couro de frango, de vaca, de rã, até de bezerro. Mas tem que ter muito sangue frio pra arrancar a pele de um caboclo vivo. Esse povo não tinha alma, não, rapazinho. Esse povo tinha sangue de cobra. Um tijolo no lugar do peito. E o Januário chegou ali e encontrou o irmão despelado, em carne viva. Ruindade demais. Esticaram as lascas de pele e pregaram na árvore, igual um lençol. Só Deus sabe o que passou na cabeça desse homem depois de ver o irmão naquele estado. Caboclo desacredita da vida, desacredita até mesmo da morte. Desendoidece. Não tem volta, menino. Não tem perdão um trem desses.

*

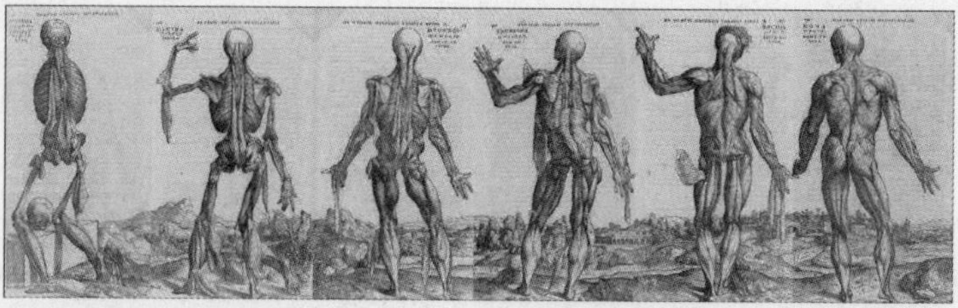

Esfolamento. Esse parece ser o único elo comum nas diversas versões da narrativa ao redor de Januário Garcia. É uma prática de tortura e castigo muito antiga e recorrente. Os caçadores que despelavam animais para fazer vestes resistentes ao frio transmitiram sua técnica aos guerreiros, que a aprimoraram ao longo dos séculos, esfolando seus inimigos derrotados, como gesto de profanação absoluta do corpo. Os primeiros cristãos foram esfolados pelos soldados romanos. E depois, quase como vingança, os juízes da igreja mandaram esfolar os hereges e pagãos. Mais tarde, por ironia do destino, os primeiros padres missionários que chegaram ao Japão terminaram também esfolados por ordem do imperador. Os sacerdotes astecas esfolavam os corpos dos sacrificados nos seus rituais em tributo ao rei sol. Mársias. São Bartolomeu. O velho profeta Mani. Todos eles foram esfolados. Os apaches ameríndios esfolavam os colonos e depois foram esfolados e escapelados pelas tropas de mercenários brancos. Arrancar a pele. O poeta Paul Valéry escreveu certa vez que o mais profundo é a pele. Tudo atravessa a pele. A pele é o próprio corpo. Tremor. Ventos glaciais. Assombro. Do arrepio do primeiro toque que desenha e descobre os contornos do corpo do outro na escuridão, desejo, o cheiro da pele, até as ondas de choque sensoriais do prazer irradiando do centro explosivo de um orgasmo. São os olhos e ouvidos da carne. O recém-nascido se descobre separado da mãe no encontro carnal e incestuoso da pele da boca na pele do seio. A pele amaldiçoada dos leprosos. A pele negra dos escravizados do Brasil Colônia é marcada por açoites, mas também por uma ancestralidade guerreira e nobre. Se a antropofagia implicava no gesto de devorar não apenas o corpo, mas os atributos e as forças do inimigo, arrancar a pele é arrancar a própria alma do inimigo. Desfigurá-lo da maneira mais violenta possível. Parti-lo em dois. Romper os limites do humano, descobrir a crueza da nossa animalidade, nua e precária, nos feixes de músculos entrecruzados e besuntados de sangue. Esfolar é descolar com lentidão e dor, milímetro por milímetro, o espírito da matéria.

*

The History of Brazil, publicado em Londres, em mil oitocentos e trinta e seis, John Armitage, em uma nota de rodapé da página nove. Como um terrível exemplo dos hábitos de seus antepassados, os próprios paulistas citam frequentemente a tradicional história do Sete Orelhas. Um moço paulista seduzira uma patrícia, e, chegando esse fato ao conhecimento da família dela, sete dos seus primos, que consideravam ultrajada a honra da família, juraram vingança, prenderam numa cilada o sedutor, e o esfolaram vivo. Receosos, porém de alguma "vendeta" por parte de um irmão do sedutor, que a este era muito afeiçoado, a maioria deles fugiu para províncias distantes. Vã, entretanto, foi esta precaução. O irmão perseguiu e assassinou um por um, embora tenha gastado onze anos para realizar o seu intento. Como troféu de sua vingança, cortou uma orelha de cada um dos assassinados. Daí a alcunha de Sete Orelhas, pela qual ainda é conhecido. Como nos lembra Luciano Garcia D'Alessandro, que traduziu o trecho acima, em seu livro *O Sete Orelhas*, quando da publicação da edição brasileira da obra de John Armitage, no ano seguinte, essa nota foi suprimida.

> engraft upon them the disposition noted above. As a fearful exemplification of the habits of their forefathers, the traditional story of "Sete Orelhas," or seven ears, is often cited by the Paulistas themselves. A young man, a native of San Paulo, had succeeded in seducing a young lady in the same province, which circumstance coming to the ears of her relations, seven of her cousins, who considered the honour of the family as implicated, took an oath of revenge, entrapped the seducer into their power, and flayed him alive. Apprehending, however, some act of retributive justice on the part of a brother of their victim, to whom he was much attached, most of them soon after retired into distant provinces. The precaution was, however, taken in vain. The brother pursued and assassinated them every one, although it took him eleven years to compass his object. As a trophy of his vengeance, he also took from each individual whom he assassinated, an ear,

Em dois mil e quinze, depois de terminar o curso de jornalismo, decidi que ia cursar o mestrado em literatura. Foi aí que retomei aquela história que o velho Tião me contava. Minha ideia inicial era escrever um romance sobre Januário Garcia. Em parte porque essa figura sempre me fascinou. Mas talvez o verdadeiro motivo, só agora entendo, fosse honrar a memória do velho Tião. Pois Tião, que era analfabeto, foi o melhor professor de literatura que conheci.

*

Cheguei a pensar que o mais sensato, em vez de um romance, fosse escrever uma biografia de Januário Garcia, buscar a verdade dos fatos, mesmo que fosse impossível reunir material suficiente para preencher a imensa quantidade de lacunas e ambiguidades ao redor da sua vida. Pois talvez seja esse o motivo de historiadores profissionais oferecerem uns poucos parágrafos e páginas à sua figura; enquanto curiosos, em livros que substituem o rigor pela paixão, tentem em vão lastrear sua descendência em genealogias improváveis, ligadas a dezenas de homens que foram batizados com esse mesmo santo nome naqueles infernais séculos antigos. De Januário, o Januário real, se podemos falar assim, apenas rastros fugidios. Nestas inúmeras notas acumuladas, o que efetivamente se insinua é a precária memória de seu desaparecimento.

*

Esfolamento. Depois de passar pela ilha do Purgatório, Dante, narrador-personagem dessa autoficção mística intitulada *Divina Comédia*, é abandonado pelo poeta Virgílio, que havia lhe mostrado as danações nos abismos do Inferno e as purificações das almas nas chamas do Purgatório. Ao poeta romano, autor da *Eneida*, é interditado o acesso ao Paraíso. Sem o seu grande guia e inspiração, Dante está sozinho. O que se abre diante dele, aos pés do Paraíso, é algo que o deixa em certa medida ainda mais horrorizado que a violência das regiões mais sombrias. Temeroso de que sua voz falhe e não seja capaz de cantar aquilo que está por vir, o poeta faz uma evocação.

Ó grande Apolo, pra o labor vindouro,
de tua virtude faz de mim tal vaso
como exiges pra dar o amado louro.

Até aqui um só dos cumes do Parnaso
bastou, mas ora co' os dois apogeus,
devo na nova arena achar meu azo.

Entra em meu peito e exala os cantos teus,
tal como, quando vivo, recolheste
da bainha Mársias dos membros seus.

Como relata Ovídio nas *Metamorfoses*, Mársias foi vítima de um *esfolamento*. Esfolado vivo por Apolo, depois de perder um duelo musical. É no mínimo curioso que Dante, o poeta dos mortos, peça a Apolo que o esfole, que entre em seu peito, tal como fizera com o sátiro, e o arranque dos próprios membros. Um estranho pedido, para um homem que acabara de perder seu guia e inspiração. Em seu discurso de despedida, no *Canto XXVII*, Virgílio dissera a Dante: Aqui eu te trouxe com engenho /seja ora teu querer quem te conduz; /duras vias já não tens pra fatigar-te.

*

Salvador Dalí, em uma das suas gravuras da *Comédia*, materializou esse coroamento de Dante. Mas, infelizmente, não deu muita importância à evocação do esfolamento, que poderia talvez nos ajudar a entender a súplica de Dante a Apolo. Em todo caso, podemos entender o que esse ritual de coroamento significa: para acessar as regiões inferiores, Dante poderia contar com Virgílio, porque este, na *Eneida*, assim como fizera Homero com Ulisses na *Odisseia*, havia descrito as profundezas com seus versos. Catábase: um *topos* tradicional na antiguidade. Uma descida ao reino dos mortos, ao mundo inferior, no geral, para evocar algum sábio do passado: Ulisses na *Odisseia*, em sua busca do cego adivinho Tirésias, ou Orfeu, na tentativa de resgate da sua amada Eurípides, ou Eneias, personagem de Virgílio na *Eneida*, epopéia da fundação de Roma. Dante conhece a tradição e se apoia nela. Mas o reino mais elevado, o Paraíso, é uma região ainda inexplorada pela poesia anterior a Dante. Virgílio, um poeta pagão, obviamente não tinha escrito nada sobre o Paraíso. Ou seja, Dante não poderia *citá-lo*, tampouco inspirar-se no *engenho* de Virgílio, como fizera nos livros do *Inferno* e do *Purgatório*: o poeta precisaria encontrar sua própria voz para dar forma ao desconhecido. Isso está mais ou menos claro, no sentido alegórico: ao inserir um poeta morto como personagem da sua epopéia mística, Dante evoca a tradição, a história e abre um diálogo com os mortos. Essa alegoria atinge seu ápice no gesto de coroamento, na passagem da coroa de Virgílio para o próprio Dante. A coroação marca o rompimento de Dante com a tradição. Seu aprendizado, nos vales abissais das trevas e do sofrimento, está terminado. O vínculo poderá ser rompido. E esse rompimento o angustia. Mas ainda não explica a evocação do esfolamento de Mársias. A citação, um tanto obscura e abrupta na lógica dos versos, ressoa nas páginas como um enigma. Voltaremos a isso.

*

Sacerdotisas do templo de Apolo, erguido no alto do monte Parnaso, as pitonisas são as mais prestigiosas adivinhas da antiguidade: as guardiãs do oráculo de Delfos. Seu nome deriva da mitológica serpente Píton, nascida do barro depois do grande Dilúvio e derrotada por Apolo, quando este conquistou o oráculo de Delfos para si. Ao vencer a colossal serpente, cravando-lhe mil dardos, Apolo incorpora seus poderes proféticos. Em eterno processo de decomposição, os odores exalados pela serpente sobem dos subterrâneos do templo. Ao inalar esses gases malignos, a pitonisa entra em transe. Apolo então recita seus oráculos, falando através da boca da feiticeira. A serpente, longe de desaparecer, é assimilada pelo culto de Apolo. No detalhe de um vaso datado de trezentos e trinta a.C., que encena a consulta de Orestes ao oráculo, a pitonisa, iluminada pelo Sol, aparece com o corpo envolvido por serpentes.

Diz a lenda que John Milton, poliglota e secretário de Línguas Estrangeiras na época de Oliver Cromwell, ficou cego por causa do excesso de leitura. Cercado de cartas, ofícios, livros, jornais e seus próprios manuscritos – talvez num escritório escuro, com o auxílio de uma única vela –, o poeta perdeu completamente a visão. Como um aedo, Milton ditou em voz alta os dez mil quinhentos e sessenta e cinco versos que compõem os doze cantos do poema *Paraíso Perdido*: a narrativa da queda de Lúcifer e a expulsão de Adão e Eva do Jardim das Delícias. Somente um homem com os olhos imersos na escuridão poderia construir imagens tão poderosas dos abismos do mundo.

*

No capítulo três do *Gênesis*, a serpente falante, que aparece *do nada*, é descrita como o ser mais astuto entre os animais selvagens. Astúcia, eloquência. Assim como Apolo, ela se aproxima dos jogos de linguagem e das artimanhas da razão. Mas não há nenhuma referência a Lúcifer ou Satã. Só em *Apocalipse*, capítulo doze, versículo nove, a serpente e a besta Leviatã são identificadas como o mesmo ser: Assim, o grande Dragão foi excluído para sempre. Ele é a antiga serpente chamada Diabo ou Satanás, que tem a capacidade de enganar o mundo inteiro. Ele e seus anjos foram lançados à terra.

*

Lucas, capítulo dez, versículo dezoito: Eu vi Satanás caindo do céu como um relâmpago.

*

Samael. Deus-cego, anjo-serpente.

*

A maioria das serpentes são relativamente cegas. Não enxergam propriamente pelos olhos, mas por terminações nervosas ultrassensíveis que criam imagens de calor em seu cérebro. Imaginam, portanto. E trocam de pele.

*

No livro de Milton, Lúcifer é um ser de *muitas peles*. Antes da queda, Lucifero. Depois da queda, Satã (Livro I, 84). Corvo-marinho (Livro IV, 194-196), sapo (Livro IV, 799-800) e serpente (Livro I, 34 e Livro IX, 180-183).

*

Revista Galileu. Cinco de janeiro de dois mil e dezenove. Por Redação. Arqueólogos encontraram no México vestígios de um antigo templo construído em homenagem a Xip Tótec, o *Senhor Esfolado*, reverenciado como uma divindade que trazia fertilidade e regeneração. A estátua que representava o deus foi fabricada por uma civilização anterior aos astecas e, de acordo com os arqueólogos, o centro de cerimônias religiosas foi construído entre os anos novecentos e mil cento e cinquenta.

*

Muitas peles. O vermelho vivo do demônio dos nossos dias, como um touro sem pele, talvez venha também do esfolamento de Mársias, da mesma forma que suas pernas de cabrito, seus cascos fendidos, de animal impuro.

*

O cortiço. Aluísio de Azevedo. À porta da cozinha penduraram pelo pescoço um cabrito esfolado, que tinha as pernas abertas, lembrando sinistramente uma criança a quem enforcassem depois de tirar-lhe a pele.

IV

Moisés não tocou no assunto da moça. Tampouco o Cigano. Mair tinha o cenho franzido e mesmo seu novo cavalo parecia compartilhar daquela inquietação. Trotava de um modo irrequieto, arrancando lascas de cascalhos e até mesmo faíscas debaixo daquelas ferraduras raspando as pedras. E me pareceu que logo aqueles dois homens iriam lavar suas diferenças com sangue.

Passamos por uma carroça tombada e cravejada de flechas e mais à frente havia uma mula apodrecendo e fedendo e uma cadela selvagem e três pequenos filhotes. A cadela com o rosto enfiado nas estranhas da mula e seus filhotes pálidos-cinzentos tingidos de um vermelho vivo e já coagulado, como uma máscara ritualística. A cadela então ergueu a cabeça e trouxe na boca a lasca de algum órgão estraçalhado e irreconhecível e encarou os cavalos e rosnou e rosnou e também os filhotes latiram e rosnaram e um deles correu um pouco à frente do bando e estufou o peito e latiu e uivou com valentia. O Cigano sorriu e freou seu cavalo e mirou o animal por um tempo. Mas sei lá por que motivo desistiu e não atirou.

Durante sete dias avançamos por trilhas paralelas à estrada, acampando antes do pôr do sol e partindo antes do amanhecer. Pouco se falou naqueles dias e esse silêncio parecia reverberar ainda mais a raiva de Mair. Antes do fim do sétimo dia montamos acampamento em um mirante e desse mirante era possível ver o rio que eles chamavam de Rio Grande. Pequenas colunas de fumaça saindo das casas da vila e do gigantesco forno de barro da olaria e essa fumaça era empurrada pelo vento e às vezes mudava e invertia seu rumo para então desaparecer no ar. Mais ao sul, à beira da floresta virgem, surgiam plantações de milho e também alguns casebres menores. Dormimos naquele alto de morro sem acender fogueira. A escuridão tomou conta de tudo e Mair e eu trocamos de guarda duas vezes. Vi as tochas da vila se acenderem, uma a uma, e suas chamas irradiando quase que engolidas pela imensa escuridão ao redor. Na madrugada mais profunda, quando as mesmas tochas se apagaram, tive a impressão de ouvir três ou quatro tiros e também gritos de homens e mulheres. Acordei Mair, mas o mestiço disse que não era nada. Miragens da noite sem lua.

Ali mesmo nos pórticos da vila topamos com parte de um regimento de Ordenanças com soldados feridos e cobertos de trapos de bandagens e mesmo assim de prontidão e apontaram suas armas para nós e perguntaram que negócios nos traziam àquele lugar. O Cigano sorriu. Deu cabo na desconfiança evocando nomes, cargos, patentes, explanando sobre a genealogia de lugares e posições, uma genealogia que escapava à compreensão daquele regimento combalido. Então tirou uma carta com timbre da Coroa e disse que o suor do próprio rei habitava aquele ofício, pois os olhos e os braços do rei estavam agora chegando àquela vila. Os soldados ficaram confusos e não sabiam como reagir às palavras do Cigano. Mas não baixaram as armas. Um alferes pediu para ver a carta e o Cigano a entregou sem hesitação e o alferes a leu e depois a devolveu e ordenou aos soldados que baixassem suas armas.

Deixem eles passar.

As ruas estavam imundas e as crianças mais imundas ainda e todo o lugar parecia atingido por uma doença espiritual que fazia despencar as próprias paredes. Paramos numa taverna e amarramos nossos cavalos na sombra de uma árvore e o Cigano disse que iria resolver alguns assuntos e que aguardássemos.

Havia dois forasteiros, além do velho senhor que tomava conta do lugar. Compramos uma garrafa de cachaça e nos sentimos atraídos pelo cheiro do guisado. Como a cor era indefinida, compramos uma tigela, mas era melhor não perguntar do que se tratava.

Ficamos ali sentados depois de comer e bebendo a cachaça e sem falar nada. Um dos forasteiros disse para o outro que estava arrumando uma caravana para voltar para São Paulo.

Fiquei três dias à beira do rio escavando e esperando e só encontrei areia e cascalho, disse o homem. E não é falta de sorte. Em todas as margens ao norte e ao sul da Comarca, não se fala em outra coisa. Legiões de escravos peneirando o rio e não encontrando nada. Acabou. Estão todos voltando para São Paulo, Rio de Janeiro e até Salvador. E os impostos do rei cada vez mais altos. Até mesmo as autoridades que vivem aqui estão duvidando da sanidade do rei. Não faz sentido sangrar o povo no momento de ainda mais miséria.

Então o velho detrás do balcão disse que não aceitava conspiradores no seu comércio.

Não quero problemas com o juiz, disse o velho. Não quero problema nenhum.

Não sou conspirador, meu senhor. Falo apenas daquilo que meus olhos viram nessas estradas. Gente faminta, morrendo pelo caminho. Bandidos, mercenários. Nem os escravos têm respeitado seus donos. Esse lugar acabou.

Suma daqui, bradou o velho. Suma.

Os dois homens juntaram suas coisas e foram embora.

Mair estava um pouco alto e cambaleou quando se ergueu. Moisés sorriu em silêncio, mas Mair não viu. O mestiço andou até a porta e acendeu seu cachimbo e ficou olhando a rua, escorado no portal.

Não precisava matar a moça, eu disse.

Moisés me encarou por um tempo. Bebeu mais um gole de cachaça e colocou sua arma em cima da mesa.

Cuide da sua vida, disse. Ou depois de arrancar as orelhas do mestiço vou arrancar as suas.

Peguei meu copo. E já ia saindo da mesa. Mas voltei e parei na frente dele.

Já vi homens mais fortes e valentes que você chorarem no chão depois de castrados, eu disse. Vi muitas coisas, Moisés. Coisas que se passassem por sua cabeça te fariam engolir a própria língua. Eu conheço seu futuro, Moisés. Eu o vejo em meus sonhos. E essas suas armas são como vento no nada e nunca poderão protegê-lo.

Moisés pegou a arma e encostou o cano na minha cabeça. E quando ia puxar o gatilho, viu algo atrás de mim e mudou o olhar e abaixou a arma.

Ora, ora, o Cigano disse. Fico feliz que o escriba e meu soldado estejam se conhecendo melhor. Não incomodem o velho taberneiro. E guardem um pouco de energia. Porque esta noite a coragem dos homens será testada.

Então o Cigano sentou-se ao nosso lado e contou que havia falado com o juiz local e o juiz e o Capitão de Ordenanças e o padre disseram que a vila estava sofrendo ataques, em ondas, todas as noites. Mandaram ofícios às Câmaras dos Homens Bons, solicitando reforços há três semanas, mas não sabem dizer se os dois mensageiros lograram êxito de chegar à São Paulo e à cidade do Rio de Janeiro.

Há nessas terras uma aliança entre os botocudos e os negros rebelados, disse. E tudo indica que eles respondem às ordens do proscrito que vive exilado no alto da Mantiqueira.

São lendas, disse Mair. Ninguém pode unir essa gente.

O Cigano sorriu e disse: O próprio juiz me mostrou uma série de cartas assinadas por esse capitão. Cartas e documentos atestados em sua veracidade pelo juiz. O conteúdo das cartas era semelhante àquelas que o homem que nos contratou havia nos mostrado: ameaças, chantagens, cobranças de tarifas e impostos. Pois não duvido que esse capitão proscrito está ajuntando os insatisfeitos. E não seria de se estranhar que esteja prestes a criar seu próprio exército, sonhando com seu próprio reino.

Não passa de um assassino ganancioso, disse Mair. Não vai tão longe.

Pois que novos reinos se fundam mais pela podridão e cegueira de velhos monarcas do que pela força e nobreza dos revolucionários, disse o Cigano. Quem olha ao redor dessas terras não hesita em afirmar que seu rei esteja morto.

De que lado você está?, perguntou Mair.

O Cigano olhou com curiosidade para o mestiço. Sorriu outra vez. E, como se ignorasse a pergunta de Mair, continuou. Os soldados desta vila não passam de camponeses mal treinados, mas já estão aqui há algum tempo. Os mais jovens nasceram aqui e trazem no próprio sangue e em seus nomes os nomes dessas terras. Eles se sentem como produto desta lama fermentada com sangue. Se acham donos destas terras.

Não vão recuar, disse Moisés.

Perderam muitos homens nos últimos três dias. Tantos homens que são incapazes de enterrá-los apropriadamente, disse o Cigano. O juiz mandou o padre libertar suas almas e depois quase cem homens foram empilhados e queimados numa grande fogueira. Era isso ou ser devorado por abutres e feras carniceiras.

Blasfêmia, disse o taberneiro e fez o sinal da cruz. A mão esquerda de Deus vai despejar sua ira nessa vila e expurgar os ímpios e hereges.

O padre garantiu que o nome dos soldados não seria esquecido, continuou o Cigano. E ele e o Capitão repassaram os corpos e anotaram o nome de cada um num ofício. Mas nem todos foram reconhecidos e havia muitas famílias ainda procurando seus parentes e não os encontrando entre os mortos.

Antes terminar queimado, sem nome e sem túmulo do que ser arrastado por esses botocudos, disse Moisés.

O Cigano pegou a garrafa de cachaça e tomou um gole no bico e depois devolveu a garrafa à mesa.

Temos duas opções, disse. Pegar a estrada antes do amanhecer, sob o risco iminente de topar com os exércitos selvagens que rodeiam esse sertão, ou ficar aqui e ajudar esses homens a resistir até que venham mais reforços de outras vilas e toquem esses índios bravos para as terras ermas.

Vamos terminar mortos, disse Moisés. Mortos de qualquer jeito. A vila pelo menos está bem fortificada, disse Mair.

Eles têm um velho canhão desativado, disse o Cigano. Precisa de pólvora. Há uma pequena vila abandonada, mais ao sul. Uma antiga fundição de ouro e uma velha mina desativada. O juiz disse que há um grande estoque de pólvora oculto nessa fundição. Já buscaram um carregamento lá uma vez. Tentaram uma segunda vez, mas os homens terminaram mortos nas estradas e eles não querem mais arriscar. O padre e o juiz nos garantiram dois sacos de moedas se conseguirmos trazer seis barris de pólvora até aqui.

Não sei se vale o risco, eu disse.

Os três homens me olharam.

Se quiser ficar aqui sentado no fundo dessa taberna enquanto a vila arde em chamas, disse o Cigano, você é livre. Porque é afinal isso que fazem os escribas e poetas, não? Contemplam a vida e a morte à distância. Garanto que será um belo espetáculo para contar nesse seu evangelho sem deus. Pigarreou. Bebeu outro gole de cachaça: se sobreviver, é claro. Pois não é pelo dinheiro, escriba. Com esses índios no caminho nunca alcançaremos a estrada que leva aos guaicurus.

Então o Cigano disse que sairíamos logo ao anoitecer. Sem tochas, furtivos como fantasmas, numa velha carroça que o juiz nos arranjaria e escoltados por três dos seus melhores soldados. Nada mal, eu pensei. Mas quando enfim encontramos o juiz e a carroça, estávamos diante de três meninos trajando velhas fardas e eles eram tão jovens que mal cabiam naquelas fardas. As lâminas de suas baionetas enferrujadas e as pistolas que levavam na cintura não davam um tiro desde a Guerra dos Emboabas. A carroça, pelo menos, apresentava um estado não muito lastimável, a não ser pelos cavalos que a puxavam. Os animais tinham aquele arregalo nos olhos de potros ariscos, recém-domesticados, ansiosos e esquivos. Talvez nunca tivessem tracionado uma carga, assim como aqueles meninos nunca tivessem acertado um tiro.

Estamos mortos, disse Moisés e saltou na carroça e testou a condução. O Cigano trocou palavras com o juiz, enquanto o padre nos benzia e rezava em latim. O padre jogou água na testa dos animais que recuaram e refugaram como seres sombrios e demoníacos diante da água benta.

Já fiz muitas insanidades nessa vida, disse Mair, mas nada como isso.

Eu não disse nada, mas partilhava do mesmo sentimento. E quando a carroça partiu, ainda olhei para trás. O padre e o juiz ali parados. Olhando, apenas. E quem se arriscasse a investigar aqueles olhos não encontraria nenhum sinal de esperança.

Mair e um dos garotos, que se chamava João Sebastiano, foram à frente, batedores, galopando sem trégua naquela escuridão e esperando sempre encontrar o pior. Naquele ritmo, chegaríamos à fundição no meio da madrugada, segundo um dos garotos. Moisés tinha grandes dificuldades para manter aqueles cavalos no prumo. E também não podia forçar demais a carroça. As rodas, não tão boas, poderiam se partir.

O Cigano seguia à frente, protegendo a dianteira, empunhando sua arma. O outro garoto, Pedro Simão, e eu resguardávamos a traseira.

Depois de um tempo, reencontramos Mair e o garoto parados à beira da estrada. E já fomos diminuindo o ritmo e Moisés freou a carroça e o Cigano parou ao lado de Mair. Não havia nenhum barulho ao redor senão o próprio barulho da mata. Mair apontou para um mirante mais ao leste. Com esforço se enxergava a pálida luz de uma fogueira, meio que encoberta pela cerração que começava a se precipitar naqueles morros.

Os garotos disseram que poderiam ser negros fugidos, já que os botocudos não fazem fogueiras em lugares altos assim. Ou talvez um bando pequeno de bandidos.

A estrada passa longe dali, disse o garoto, mas talvez escutem nossos barulhos e talvez por isso mesmo não venham se meter com a gente.

O Cigano deu ordem para seguirmos em frente e a partir de agora em comboio, com as pistolas nas mãos e prontos a atirar. A estrada fez uma volta ao pé daquele morro e nesse momento o Cigano disse para aumentar o ritmo e esporamos os cavalos e mesmo a carroça repicou naquele terreno cheio de pedras. No alto daquele mirante a fogueira tinha desaparecido. A estrada fez outra curva e entrou numa mata fechada. O vozerio dos bichos cresceu e aquele bramido enganava os ouvidos e a cerração mais ou menos densa enganava os olhos e uma coruja passou diante de nós com suas asas enormes e um dos garotos quase caiu do cavalo, mas se reequilibrou e se ajeitou na sela e os animais avançavam quebrando galhos no peito e pisando em folhas e talvez eu tivesse ouvido um rugido de jaguar, mas talvez fosse apenas medo. Saímos do outro lado da mata e já avistamos os contornos da fundição nas sombras da noite. Foi mais fácil do que imaginei.

Rápido, disse o Cigano.

Os garotos ficaram vigiando a carroça. Mair e Moisés chutaram a porta por três vezes e a madeira gemeu e se partiu e tão logo entraram na fundição já voltaram com dois barris. Eu peguei um e depois cada um buscou mais um e passamos as cordas ao redor da carroça e avaliamos as amarras e os nós e as voltas da corda e a posição dos barris, duas vezes. Está firme, disse Moisés. E já outra vez estávamos na estrada e dessa vez num ritmo mais lento porque os cavalos fraquejavam, seus lombos sangrando e cheios de marcas de pancadas que Moisés desferia de tempos em tempos para forçá-los a continuar e também porque ninguém queria que aquilo explodisse e nos matasse. Atravessamos outra vez aquela floresta e dessa vez um dos garotos, João Sebastiano, bateu o peito num galho e caiu e tivemos que parar para ajudá-lo e ele tinha deslocado o ombro ou quebrado o braço ou as duas coisas. Que diabo, disse Moisés. Deitamos o garoto por cima dos barris de pólvora e seu cavalo foi amarrado na traseira da carroça. Se aquilo explodisse de uma hora para outra, o menino seria menos que vento. E ainda naquela floresta logo que voltamos a marchar tive um arrepio no corpo inteiro e a impressão de que alguma coisa tivesse pousado na garupa do meu cavalo e me virei de uma vez, mas não havia nada: apenas a escuridão ao redor.

Ao pé do mirante não encontramos luz nenhuma e paramos um tempo calados e estudando os barulhos quase inaudíveis que brotavam daquela maldita noite dos infernos. Nada. Só o chiado noturno do sertão, um rumor perene e constante com o qual já estávamos mais ou menos acostumados.

Então a coisa mudou. Numa daquelas voltas da estrada, uma rajada de chumbo veio das nossas costas e atingiu o cavalo de João Sebastiano e o cavalo refugou e escoiceou o vazio e quase tombou a carroça.

Diabo, disse Mair.

O Cigano, cujo reflexos pareciam contar com a intuição de uma obscura providência, foi o mais rápido de nós: cortou a corda que prendia o cavalo com seu facão e já virou seu próprio cavalo em sentido contrário e galopou e desapareceu naquela escuridão, na mesma direção de onde tinham surgido os tiros.

Moisés freou a carroça e nós também paramos os cavalos e ficamos ali todos parados no meio do nada tentando ouvir o que se passava mais além.

Em frente, disse Mair.

Você é o chefe agora, mestiço? Está vendo algum índio aqui?

Shiiiiiu, eu disse.

Nada. Barulho nenhum. Mas logo o vento virou e pareceu trazer consigo os últimos gemidos abafados de espíritos que acabaram de se despregar dos seus corpos. Um trote de cavalo começou a crescer e se aproximar e crescer e acelerar e se multiplicar como se fossem quatro cavalos avançando no interior das trevas. Empunhamos nossas armas e aguardamos.

Mataram ele, disse Moisés. E agora vão matar a gente.

Estávamos todos prontos a atirar: mas um dos garotos tremia tanto que sua arma caiu e quando ele se abaixou o Cigano surgiu branco como só ele na escuridão e trazia na mão duas cabeças e as jogou na carroça e deu uma risada soturna e passou por nós galopando como um espírito zombeteiro.

Em frente!

Moisés bateu o chicote e os cavalos gemeram e refugaram e a madeira da carroça estremeceu e Moisés bateu outra vez e com mais força e mais outra vez e os cavalos saíram meio tortos e quase de lado. Moisés puxou a rédea e os endireitou e bateu uma última vez e eles então trotaram firmes e retos, ao mesmo tempo sob seu controle e alucinados. E depois disso não ouvimos mais nada senão os cascos dos nossos próprios cavalos.

Só quando nos aproximamos da vila, quase ao amanhecer, as coisas assumiram outro aspecto. Antes mesmo que pudéssemos avistar as chamas das tochas, o ruído de tiros e os gritos nos alcançaram.

Uma legião de homens ao redor da vila, armados com grandes porretes e esses porretes subiam e desciam no ar e cada vez que desciam estouravam uma cabeça. Os soldados encontravam guarida atrás das largas toras de madeira que compunham a cerca e disparavam do alto de duas torres que mais pareciam andaimes decrépitos. Só que os inimigos eram muitos e os soldados, para além do número reduzido e da pouca idade, eram lentos demais ao recarregar suas armas.

Foi aí que aconteceu.

O Cigano saltou do cavalo e caminhou até a carroça e tirou seu facão e cortou a corda de um dos barris e fez um furo.

Que porcaria esse desgraçado vai fazer, disse Moisés.

O Cigano subiu no cavalo e o cavalo estremeceu uma primeira e depois uma segunda vez quando os dois meninos lhe entregaram o barril. Ele se virou na direção da vila e galopou para cima daquela horda selvagem. Não compreenderam logo de cara, talvez um tanto assustados com sua brancura e tamanho descomunal. Um deles jogou uma lança e então os outros despertaram. Mas o Cigano parecia ter o corpo protegido por um escudo invisível oriundo de algum pacto demoníaco ou talvez fosse ele mesmo um fantasma vindo do inferno, pois flechas e lanças pareciam incapazes de acertá-lo. Ele só parou quando achou que devia parar. Saltou e se escondeu atrás do cavalo e as lanças e flechas estocaram fundo no animal que gemeu e cambaleou, mas a essa altura o Cigano já tinha pegado e erguido o barril.

Só pode ser brincadeira, disse Moisés.

Ele o jogou na direção dos selvagens e ainda no ar o Cigano deu um tiro certeiro e aquela explosão estrondeou a poucos metros das cabeças dos índios e dos negros: e o fedor e a fumaça ainda permaneceriam muito tempo no ar.

Confiantes com a desorientação dos nativos, os soldados da vila atiraram com tudo e um bando dos mais corajosos deles saiu pelo portão e partiu para cima dos poucos e ainda confusos inimigos que sobraram. E os soldados furaram os corpos dos inimigos com as baionetas e deceparam suas cabeças com facões e partiram seus corpos com enxadas e foices. Quem restou vivo debandou, fugindo para a floresta mais ao leste, desaparecendo no interior da mata fechada.

O Cigano imóvel ao longe contemplando aquela carnificina que ele próprio havia criado. O cavalo caído e agonizando e sangrando aos seus pés. Quando o alcançamos, ele ainda estava parado, indiferente aos gemidos do animal, indiferente ao banho de sangue. Subiu na carroça e ergueu a cabeça para Moisés e a carroça partiu. Homens e alguns ainda meninos e gemendo no chão daquele campo coberto de sangue e de corpos despedaçados. Puxei a rédea, desviei meu cavalo, com intenção de dar a volta e entrar pelo outro lado. Mair me seguiu. A carroça, no entanto, continuou seu caminho, seu cortejo triunfal. Progredia em linha reta, impassível, como se o campo jazesse desocupado. Moisés chicoteando os cavalos e ele e o Cigano vibrando sob a tração das rodas. Moisés e o Cigano trepidavam rasgando os corpos e partindo os ossos e esmagando os crânios daquelas últimas criaturas mutiladas e agonizantes e espalhadas pelo chão. Como se um tremor tivesse revirado a terra do avesso e trazido à superfície uma legião de moribundos lamurientos. E seus gemidos incompreensíveis ressoavam ainda vívidos uma dor cáustica e indiferente ao tempo.

Pois se não é o próprio diabo, disse Mair, não sei o que é.

Serviram um banquete reservado, na casa do padre, e apenas jovens mucamas rodeavam a mesa. Nada de muita variedade e as frutas estavam passadas, mas a cachaça e o vinho eram bons e fazia tempo que eu não comia uma comida fresca em pratos limpos e numa cadeira confortável.

E o que mais sabem desse Garcia?, perguntou o Cigano.

Quase nada, disse o juiz. Homem bom. Foi nomeado Capitão de Ordenanças há pouco tempo. E depois disso começou a aterrorizar as terras sob sua jurisdição. Fazendeiro pacato e próspero. Os escravos seus o tinham mesmo por caridoso, conforme relatos de homens que o conheceram antes. Pois, afinal, não há outro meio, um homem só chega à patente de capitão por sua honradez, o Capitão Antônio Silva está aqui para prová-lo. Pai de dois filhos, marido fiel e protetor de sua esposa, assim era esse tal Garcia. Porém, sem razão aparente, esse mesmo homem reto e bondoso passou a questionar as ordens da Coroa e a cometer crimes de baixa escala, roubo, saques e, além de tudo, dá guarida a seus iguais, bandidos baixos e vis. É certo que há mais de quinze assassinatos cometidos por suas próprias mãos, não sei mais quantos sob seu mando.

Ouvi por aí que mataram o filho dele, disse Mair. E depois despedaçaram o corpo do menino e jogaram as vísceras aos cães.

Soube que escalpelaram vivo seu irmão, disse Moisés. Amarrado a uma árvore. E que esse Garcia tem o corpo fechado pelas mandigas dos feiticeiros negros e que pode sumir de um lugar e aparecer em outro, desorientando os soldados. E dizem também que, depois de ser ungido pelo espírito do frei Francisco de Menezes, ele tem o dom de espiar atrás das paredes e costurar buracos de bala só com os dedos.

Há muitas lendas nessa terra, disse o padre. Lendas sobre um homem com um rosário de orelhas. Nada de novo. Tais lendas remetem aos infatigáveis paulistas, os antigos heróis que enfrentaram primeiro essas florestas. Devemos muito a eles, não? Abriram com o próprio sangue caminho para que o Senhor nosso Deus pudesse semear suas graças para essa gente atrasada. Quem não conhece os relatos de Bartolomeu Bueno da Silva, o Anhanguera, que devassou essas terras impuras como um verdadeiro diabo vermelho a serviço de Deus. Ou Bartolomeu Bueno do Prado, o maior de todos, quem duvidará? Ora pois, diziam mesmo que ajuntou um número impossível: mais de duas mil orelhas, de cada índio e negro que tombou na sua mão. E que não fazia distinção entre sexo ou idade. Veja, era homem justo, homem bom, de família boa, obedecendo sem pestanejar uma causa maior. Foi um dos maiores servos do Senhor nosso Deus e do nosso rei. E esse Garcia, o que é? Não serve nem ao rei, nem aos párias conspiradores, esses ditos revolucionários. Esse Januário Garcia não é nada além de um bandido baixo, de beira de estrada, um parasita que vive do suor alheio.

O Juiz bebeu um gole de vinho. Mas também há que se admitir que as coisas não andam muito boas nessas terras, amigo padre, disse. A sensação que tenho, se me permite a honestidade, é que a linha do tempo de repente girou e recuou para trás. O senhor me entende? O número de proscritos cresce a cada dia, cresce quase tão rápido quanto os impostos. A pilha de processos e ofícios se acumula em minha mesa e sobe até o teto, tira-me o ar. O que eu faço? Pois tudo é urgente! E da mesma forma que não tenho braços para tantos causos, nem olhos para tantas letras, digo que não haverá mesmo celas para tantos foras da lei. As duas cadeias daqui estão cheias. E a terceira cadeia, ainda em obras, já tem todas as vagas encomendadas: já vai nascer lotada, como uma criança que nascesse velha. O que faremos? É só nisso que eu penso. Há homens acorrentados nos porões da paróquia. Homens acorrentados como escravos. E se nem os escravos suportam as correntes, o que dirá tais homens livres? Não vejo saída. O ódio cresce. Consegue sentir? Ódio e medo. Precisamos encontrar uma solução, limpar essas terras. Devolver esse lugar aos homens de bem, aos homens de Deus. Aqueles que não debandaram para o crime, você sabe, estão agora juntando suas poucas trouxas e gastando as poucas economias que têm: pagam por segurança, enchem o bolso de mercenários, alguns sérios, outros golpistas, que prometem uma boa escolta de volta ao litoral. A que ponto chegamos, meu senhor. Toda essa gente agora quer voltar para a capital da colônia, ou até mesmo embarcar em navios de volta para Lisboa. Estamos diminuindo, ao invés de crescer. Estamos andando para trás! A única coisa que parece aumentar nesse lugar é a raiva dos negros e seus quilombos cada vez mais populosos e as quantidades de índios bravos que perderam o medo das armas de fogo. Vocês me entendem? Nos últimos três anos, parece que retrocedemos meio quarto de século. Voltamos às trevas.

Trevas. O Cigano sorriu e apoiou as mãos na mesa e se levantou. Trevas. Pois me permitam contar uma história que todos vocês já conhecem, mas a que talvez não tenham dado a devida atenção. O Cigano andou três passos e parou ao lado do padre e colocou as mãos nos ombros dele. Sabem que Lúcifer, o mais belo entre os anjos – e não há no mundo dos homens e nem dos anjos algo semelhante, ou próximo, a essa beleza –, sabem bem que Lúcifer acabou expulso do Paraíso por desafiar Deus, não sabem? Vaidade? Soberba? Talvez. O Cigano tirou as mãos do ombro do padre e deu mais dois passos e parou na cabeceira da mesa onde estava o juiz e o juiz teve que se virar para trás, como se assim pudesse ouvir melhor. Mas o que talvez não se lembrem é que o maior castigo de Lúcifer, isso é importante, o maior castigo de Lúcifer é sua precariedade, sua vaidade desmedida, que o aproxima de vocês, homens: o maior castigo de Lúcifer é o fato inexorável de que seu reino não *partilha* da eternidade. Compreendem? O reino de Lúcifer é um lugar provisório, um lugar de passagem, só pode ser um lugar provisório. Disso depende a própria existência de Deus. O Cigano voltou a andar e a falar. Ora, só o Paraíso é eterno, porque o Paraíso é a morada do Bem, e só o Bem, puro absoluto, pode ser eterno. Para fora do bem, não é difícil entender, tudo perece, definha, na força do tempo. E o Inferno está fora do Bem. É um espaço degradado. E irá se reintegrar ao Divino Criador, de onde emanam toda a verdade e existência. Tudo que existe retorna. Pois o padre deve se lembrar da doutrina de Orígenes de Alexandria, um velho teólogo herético e banido das doutas doutrinas sacrossantas da Santíssima Igreja de Roma. Orígenes era um sábio. Ele mesmo defendeu ideias parecidas, pois o padre deve conhecê-las melhor que eu, assim como nosso escriba, versado no ocultismo. O Cigano parou do meu lado e tocou meu ombro. Orígenes propôs a tese herética de que no Juízo Final, vocês devem se recordar, Deus irá *recolher tudo* novamente para si. *Tudo.* Sem deixar nada de *fora.* Entende bem a radicalidade dessa preposição? Uma palavra curta, de quatro letras: *tudo.* Pois no verbo ser – e esse verbo é o próprio Deus, uma palavra ainda menor, de três letras – não há *fora.* Tudo que é está contido nesse círculo sagrado e mesmo os abismos mais sombrios do Inferno apenas a Ele pertencem. São mesmo seus intestinos e entranhas mais vitais, sua força mais sagrada, seu vínculo visceral com os homens. E o verdadeiro castigo de Lúcifer, vejam a sutileza dessa tese, foi um castigo de que ele sequer ousou suspeitar, embora fosse um anjo: sua maior condenação foi ser levado a crer que poderia *sair.* Que havia um *lado de fora.* Mas não há fora nenhum. Não há nada. O inferno é um lugar de duração determinada, mínima. Suas danações duram menos que um átimo de segundo, em relação direta com a eterna e concêntrica atemporalidade divina. Não há *forma* de escapar das palavras de Deus, pois essas palavras são também o próprio Deus, e quando digo qualquer coisa são também as palavras de Deus que digo. E não há nada além destas palavras. Pois o silêncio não é outra coisa senão Deus em sua mais pura possibilidade. O Cigano estava agora de volta ao seu lugar e colocou um pouco de vinho em seu copo e bebeu a metade e sentou-se novamente na sua cadeira. Vejam, meus amigos. O que chamam de trevas é apenas Deus operando. É nas trevas que ele opera. Ele é as próprias trevas. Ele é. A escuridão mais profunda. Não há sombras para ele, tampouco sobras, porque ele é as sombras. A razão de ser das trevas.

Nunca ouvi tantas blasfêmias e heresias juntas, disse o padre. E se levantou. Sou grato pelo que fizeram por nós. Mas não posso ficar aqui ouvindo essas bobagens.

O Cigano o encarou, Mas ainda não terminei, padre. E a boa educação ensina a não deixar um convidado falando sozinho. O senhor é um homem ilustrado. Não esperaria grosserias de um homem como o senhor.

O padre estava suando. E o juiz o encarou e fez um sinal para que se sentasse. Moisés já tinha a arma na mão e as mucamas deixaram a sala uma a uma. Não havia muito escolha para eles. Nem mesmo o capitão estava por ali.

Prossiga, disse o padre.

Pois bem. Devem ter ouvido as histórias do gigantesco tremor de terra que atingiu Lisboa, no século passado. Devem também se lembrar dos relatos de ondas gigantes, que encobriram o sol, e estraçalharam frotas inteiras de navios ao meio. Pois não? Uma das mais poderosas cidades de toda a Europa veio abaixo, não se lembram? Ruiu. Há muitos folhetos a respeito. E o que tem de espantoso nisso tudo? Como tal coisa pode acontecer? Os castelos do rei em frangalhos, gigantescas catedrais, moradas de Deus, partidas ao meio e virando pó. Crianças, doentes, velhos. Não houve diferenciação. O que há nisso? Alguém consegue vislumbrar? Pois existiu um folheto que circulou naquela época e muitas décadas depois, e atravessou décadas e chegou aos nossos dias. Um folheto anônimo. E nesse folheto um sujeito dizia que, a partir daquele dia, Deus tinha de novo renascido. Deus, o verdadeiro Deus de Abraão e dos profetas, o Deus que lançou sua fúria em Sodoma e Gomorra, que abriu o Mar Vermelho, que expulsou o Leviatã para os abismos do submundo, o mesmo Deus que escreveu com relâmpagos na tábua de Moisés, o profeta. Ora, quem, senão o próprio Deus, poderia erguer ondas tão grandes que chegaram mesmo a tapar o sol?

Ninguém disse nada. E eu não saberia dizer se porque não eram capazes de entender aqueles enigmas, ou porque estavam desolados com a descoberta. E a partir desse ponto o Cigano parecia satisfeito, parecia ter chegado aonde queria. Pois daí em diante se calou.

Encontrei Mair fumando seu cachimbo, ao pé de uma árvore. Sentei ao seu lado e rascunhei algumas notas no meu diário. Mais adiante avistei Moisés conversando com um soldado.

E que sabe sobre ele, perguntei a Mair.

Moisés?

Sim.

Quase nada, disse Mair. Costuma se apresentar como herdeiro bastardo de um antigo bandeirante. E conta histórias de roubos e mulheres, enquanto cita as escrituras.

Um bom cristão, eu disse. Ele é confiável?

Mair traga seu cachimbo e passa para mim.

Sim, disse o mestiço. Como uma serpente.

4

Escutei, desde sempre, como a maioria das pessoas que cresceram no Sul de Minas, a história de Januário Garcia. Acho espantoso nunca ter ouvido falar do escritor Joaquim Norberto de Souza, um dos primeiros ficcionistas – quiçá romancistas – do Brasil. Mesmo que, para um estudioso como Antonio Candido, num juízo um tanto polêmico, tudo que se escreveu antes de José de Alencar – o que inclui os poemas e contos de Norberto – não fosse nada além de singelas *manifestações literárias*, aparições um tanto apagadas, um tanto fantasmáticas, sem corpo.

Durante minha pesquisa no mestrado, tomei conhecimento de que Joaquim Norberto de Souza publicou, em mil oitocentos e quarenta e três, no *Espelho Fluminense*, o folhetim *Januário Garcia ou As sete orelhas*, uma das primeiras obras de ficção da Literatura Brasileira. Embora não haja registros, cartas, resenhas e críticas afirmando que Norberto tenha lido o livro *The History of Brazil*, em que a lenda apareceu impressa em livro pela primeira vez, é provável que o ficcionista tenha tirado o enredo de sua narrativa ou de lá ou da fonte original, isto é, a memória oral e violenta dos paulistas, que sempre trataram de exaltar e mistificar os crimes, os massacres e as selvagerias dos bandeirantes.

Na trama construída por Norberto, Antônio, filho de Januário, apaixona-se por uma mulher, filha de um homem que também se chama Antônio. Sabendo do ocorrido, Antônio (o pai da moça), manda matar Antônio (filho de Januário). A descrição da violência é precisa: sete réprobos o esfolaram vivo e depois cortaram-lhe perna por perna... coxa por coxa... braço por braço... orelha por orelha... que tudo enviaram ao pai da menina; acabaram decepando-lhe enfim a cabeça e arrancando-lhe as entranhas. Assim nos conta Norberto. Ao saber do ocorrido por uma carta anônima, Januário Garcia persegue os sete assassinos, mata e arranca uma orelha de cada um deles. No entanto, a filha de Januário termina por casar-se com o último dos criminosos. E engravida. O filho do casal recebe o nome Januário. Essa duplicação parece funcionar como uma transferência da maldição de uma geração a outra. Uma transferência que opera feito uma herança maldita, nivelando os opostos no mal.

JANUARIO GARCIA

OU

AS SETE ORELHAS

ROMANCE

Yo contra todos y todos contra yo!

VIEJO ARIAS.

Há outra possibilidade: ao seguir o rastro de uma vasta cronologia que traça a rota das primeiras obras de ficção brasileiras, organizada por renomados especialistas da área e disponível no portal *Caminhos do Romance*, Joaquim Norberto publicou seu texto em mil oitocentos e trinta e dois. Quatro anos antes da publicação de *The History of Brazil*, de John Armitage. Isso nos leva a pensar que, talvez, aquilo que o historiador inglês ouviu da boca dos paulistas, e tomou por história verdadeira, tenha sido a repetição da narrativa ficcional de Norberto, publicada em jornal e imediatamente incorporada ao imaginário popular.

O leitor daquele tempo não fazia muita distinção entre ficção e fato, afinal ambos os registros textuais estavam impressos em papel de jornal. Não existia *lead*, aspas, uso rigoroso das fontes, tampouco o manuseio, hoje comum, do tom neutro e distanciado. A voz textual do narrador de uma notícia dos jornais daquela época era muitas vezes indistinta da voz moralista e jocosa do cronista ou da imaginação do narrador de ficção. Essas fronteiras turvas, acentuadas tanto pelo manuseio de recursos comuns como pela materialidade do suporte, embaralhavam a recepção do leitor. Preso ao texto, lendo de cabeça baixa, agarrado a cada uma das palavras, esse leitor era incapaz de separar fato e ficção. Incapaz de perceber que as palavras são traiçoeiras.

*

Os próprios escritores eram conscientes desse ruído provocado pelo meio de divulgação dos seus textos. É nesse ambiente que o prefácio apócrifo e a retórica inerente a essa produção se tornam uma constante. Expressões como *eu vi isso acontecer*. Ou, *conheci um sujeito que conheceu a vítima* ou, ainda, *encontrei esse manuscrito no espólio de um velho colecionador*. Todas apareciam com frequência nos folhetins. Folhetins que eram lidos em voz alta à luz de lamparinas, nos balcões de tabernas, numa mesa de jantar, ou à beira dos portos pelos poucos homens iniciados nas letras a um pequeno grupo de curiosos que não sabiam ler. Essa legião de analfabetos era também apaixonada pelos lances inerentes à narrativa. Decoravam aquelas histórias que escutavam. E transmitiam pela própria boca. Foi assim que a lenda do vingador Januário Garcia se espalhou pela Colônia. E depois foi sendo reescrita e transformada ao longo do tempo. Migrando da página do jornal e do livro para a cultura popular. E depois outra vez da cultura popular para os livros. Num processo circular, em que as causas e efeitos se confundem e contaminam.

*

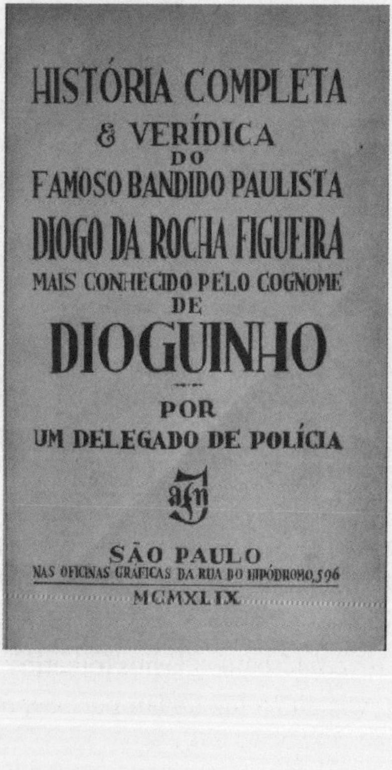

HISTÓRIA COMPLETA
& VERÍDICA
DO
FAMOSO BANDIDO PAULISTA
DIOGO DA ROCHA FIGUEIRA
MAIS CONHECIDO PELO COGNOME
DE
DIOGUINHO
POR
UM DELEGADO DE POLÍCIA
SÃO PAULO
NAS OFICINAS GRÁFICAS DA RUA DO HIPÓDROMO, 596
MCMXLIX

Diogo da Rocha Figueira, conhecido como Dioguinho, talvez o mais famoso bandido do interior paulista, segundo consta, cometeu pelo menos cinquenta assassinatos. Em abril do ano de mil oitocentos e noventa e sete, o governo do Estado de São Paulo empreendeu uma força tarefa, com seus melhores homens, para capturar o bandoleiro e dar fim ao seu rastro de sangue. Dioguinho vivia exilado no extremo Oeste do estado, na comarca de Ribeirão Preto, então capital mundial do café. Traído pelos companheiros, Dioguinho foi vítima de um cerco policial além de suas forças e terminou *relativamente* morto. Entre seus pertences, além de carabinas, de um rigoroso caderno de contabilidade e um exemplar das *Horas Marianas,* um tanto surrado, estava um rosário com vinte e uma orelhas arrancadas de suas vítimas. O curioso, nesse caso, é que o corpo do bandido nunca foi *efetivamente* encontrado. Essa morte relativa, claro, alimentou as lendas. Compreende-se que existam pessoas que neguem a morte de Diogo, diz um texto do jornal *O Estado de S. Paulo*, publicado em nove de maio de mil novecentos e oitenta e sete, mas a verdade é que essas pessoas também acreditam num poder sobrenatural a amparar e proteger o monstro. Entre os muitos dons atribuídos a Dioguinho, de acordo com o jornal, está a metamorfose: alguns afirmam que ele, quando queria, virava toco, virava gato, virava cachorro e ninguém o podia prender.

Assunto de inúmeros artigos na imprensa, de um filme de mil novecentos e dezessete e estudos históricos no campo do direito e da historiografia, Diogo da Rocha Figueira é quase um patrimônio cultural. Podemos ver nosso homem em ação no livro *História completa e verídica do famoso bandido paulista Diogo da Rocha Figueira mais conhecido pelo cognome de Dioguinho por um Delegado de Polícia*, de João Amoroso Netto, de mil novecentos e quarenta e nove. Página trinta e cinco:

E puxando da faca, Dioguinho, sem mais aquela, começou a arrancar o couro cabeludo do negro. Foi arrancando, devagarinho, sem se impressionar com os uivos de dor do desgraçado.

O preto, tomado de pavor, debatia-se em tremenda luta íntima: se não contasse, morreria; se contasse, seria denunciar seu primo e mais dois companheiros, que haviam empreitado uma tocaia contra o facínora.

Dioguinho, dizendo os mais pesados impropérios, continuava, com um sorriso sádico, a arrancar o couro da cabeça do infeliz.

Eu te arranco o couro do corpo inteirinho, negro poltrão!

João Netto, ao que parece, era um leitor atento das narrativas de Joaquim Norberto. Talvez o próprio Dioguinho, personagem, conhecesse a história. Todos eles – Dioguinho, Norberto, João Netto e Januário – reforçam, reproduzem e realimentam a brutalidade originária do espírito bandeirante. Repetem a cena na qual o vencedor, pela força, impõe sua moral, limita as terras. Nada mais que um *gesto*: empunhar a adaga diante da frágil figura de um inimigo já vencido, ao rés do chão, subjugado (o estranho, o diferente, aquilo que não entendo), e lhe arrancar os limites do corpo.

*

Sandro Botticelli desenhou algumas cenas do inferno de Dante. Esses desenhos foram usados como base pelo gravurista Baccio Baldini e impressos numa edição em mil quatrocentos e oitenta e um, publicada por Niccolò di Lorenzo della Magna, em Florença. Em detalhe da parte superior da imagem, uma mulher, lançada ao chão, é esfolada por demônios.

*

Já viu arrancar couro de vaca, rapazinho?, perguntou Tião. Não é fácil garantir a qualidade do produto. Pro couro despregar da carne, me explicou o seu João Fortunato, que era artesão e sapateiro de rara precisão, tem de esquentar o corpo do bicho com água quente. Deixar descansando até a gordura despregar da pele. Só aí a faca trabalha macia.

*

História universal dos terremotos, que têm havido no mundo, de que há notícia, desde a sua criação até o século presente. Joachim José Moreira de Mendonça. Mil setecentos e cinquenta e oito. Havia muita gente puxada para o rio Tejo, por se livrarem dos edifícios, cheios de horror da vista das suas ruínas. Eis que de repente entra o mar pela barra com uma furiosa inundação de águas, que não fizeram igual estrago em Lisboa que em outras partes, pela distância que há de mais de duas léguas desta Cidade à foz do rio. Contudo, passando os seus antigos limites, se lançou por cima de muitos edifícios e alagou o bairro de S. Paulo. Cresceu em todos os que haviam procurado as praias o espanto das águas, e o novo perigo se difundiu por toda a Cidade, e seus subúrbios, com uma voz vaga, que dizia que vinha o mar cobrindo tudo.

*

O pintor João Glama Ströberle, que estava em Lisboa naquele primeiro de novembro, Dia de Todos os Santos, construiu o seu testemunho da catástrofe num quadro intitulado *Alegoria ao terremoto de mil setecentos e cinquenta e cinco*. Na parte superior da pintura, chamam a atenção os anjos em vestes sombrias, empunhando espadas, como se cumprissem os desígnios da inescrutável vontade divina. Logo abaixo, dois homens se agarram desesperadamente ao crucifixo, com medo de serem arrastados pela fúria do mar. No chão, com as ruínas, fuligem e as chamas ao fundo, sacerdotes e homens comuns repetem o mesmo gesto de desespero: com o coração dilacerado, erguem os braços aos céus, questionando a Deus o sentido de tamanha brutalidade e sofrimento. Soterrada nas ruínas da imagem, esfolada pela alegoria da catástrofe, a filosofia de Leibniz assume um tom soturno: vivemos no melhor dos mundos possíveis, a melhor escolha de Deus. Um mundo onde prevalecem a dor sem sentido, o sofrimento gratuito e a injustiça sem qualquer horizonte de reparação.

*

Apolo x Píton (Eugene Delacroix); Deus x Leviatã (Gustave Doré); São Miguel Arcanjo x Satã (Luca Giordano); São Jorge x Dragão (Gustave Moreau); Apolo x Mársias (José de Ribera); Behemoth x Leviatã (Blake).

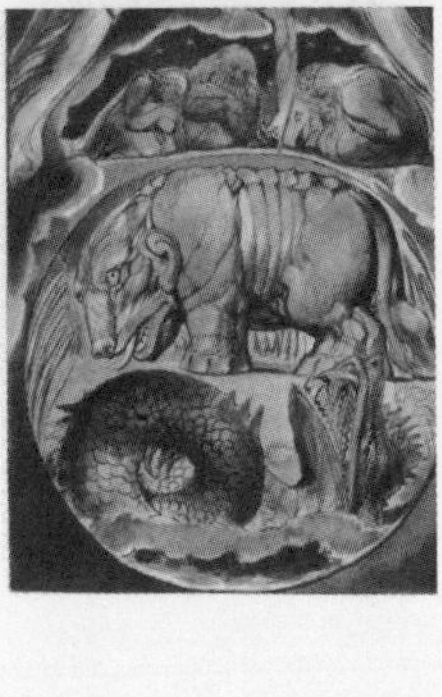

V

Nos primeiros três séculos do cristianismo circularam entre os sábios conselheiros de reis e entre velhos alquimistas e eremitas ilustrados e entre andarilhos e camponeses supersticiosos as mais improváveis e poderosas crenças heréticas. Religiões sem evangelho, passadas de boca a boca ou em reuniões secretas em cavernas e florestas ermas. Falava-se dos mártires, dos poemas de João Evangelista, mas principalmente de um cânone perdido de evangelhos não escritos, cuja mensagem perturbava a estabilidade da própria Igreja. Tais cultos misturavam o cristianismo primitivo dos primeiros séculos com uma leitura mística da filosofia de Platão e dos neoplatônicos, como Plotino e seus seguidores. Essas crenças receberam o nome de gnosticismo e foram muito populares durante os primeiros séculos da Igreja.

Suas certezas poderiam ser abreviadas pela tese central de que o mundo da matéria é fundamentalmente mau, criado por um deus decrépito, um demiurgo ignorante e maléfico que esculpiu nossos corpos e as montanhas e as bestas que habitam os abismos da terra e do oceano à sua imagem e semelhança. A libertação desse mundo de sombras e dor só poderia ser atingida por uma revelação que não viria propriamente do *logos*, da palavra racional, tampouco da fé no sangue e nas parábolas de Cristo, mas sim de uma iluminação involuntária através da *gnose*, o conhecimento que advém misteriosamente e que nos liberta dessa matéria falaz.

Fui iniciado em tais assuntos sombrios por um velho alquimista marroquino, um seguidor de Mani e da seita dos maniqueus, nos meus anos de peregrinação pela África. Mani nascera na Pérsia, por volta do ano duzentos depois de Cristo, e aos vinte e quatro anos começou a profetizar. Em versões mais grosseiras e deturpadas, em parte tributárias das críticas proferidas pelos primeiros exegetas e teólogos, em especial Irineu de Lyon e Santo Agostinho, a religião de Mani fora considerada herética por alçar o demônio e o mal ao patamar de um deus. Pois se antes Satã se referia à figura de acusador, um juiz que funcionava como os próprios olhos do Senhor sobre a terra, capaz de rastrear e encontrar os ímpios, essa figura acabou por se transformar e assumir o papel de opositor: uma força proporcionalmente oposta ao próprio Deus, uma força de pura escuridão, mas fundamental ao equilíbrio da vida. Tal crença cria uma fissura no interior da bondade e perfeição divina, que tudo equaliza, pois tudo sabe e contempla.

Deus, sendo pura bondade e perfeição, não poderia ter criado o mal. O mal do mundo só poderia ser explicado pela existência de uma força oposta e equivalente ao próprio bem. Uma força autônoma e que viera à existência, assim como o bem, das entranhas de si mesma. Pois o mais belo dos anjos, a luz da manhã, aquele que desceu aos abismos da terra, mergulhando como nenhum outro ser jamais mergulhou na mais pura imanência da matéria, e que, metamorfoseado em serpente, fez Adão e Eva provarem o caminho sem volta da árvore do conhecimento, esse belo anjo, ele mesmo também expulso do Paraíso nas origens do mundo, era agora uma força tão poderosa e devastadora e necessária quanto o próprio Criador.

Mas se tal explicação mitológica fosse aceita, a figura de Deus, puro absoluto, ficaria corrompida, quebrada pela metade. Acontece que esse dualismo grosseiro pouco tinha a ver com as profecias de Mani. Pois as críticas de Santo Agostinho ao maniqueísmo são incapazes de alcançar os maniqueus, tampouco o profeta Mani. Os verdadeiros maniqueus não dividiam o mundo em dois: o próprio Deus era o mal.

As palavras do Cigano ao redor da mesa e o próprio Cigano se transfiguravam como a encarnação dessas antigas e ameaçadoras profecias gnósticas. O mundo material é fundamentalmente mal e decrépito. Mas não há outro, não há nada além da efemeridade dos corpos a caminho da decomposição. Apenas ossos, pó e esquecimento. O próprio Cigano parecia figurar como um braço espiritual do antigo Demiurgo dos maniqueus, destilando sua maleficência e palavras de engano pelos caminhos ermos dessas terras.

Deixamos aquela vila arruinada ao amanhecer. Os homens vieram então presentear o Cigano com munição e suprimentos e os acordados sacos de ouro. O padre deu sua bênção e jogou sua água sobre nossos cavalos e rezou em latim e nos abençoou. Enquanto me afastava avistei o campo de batalha do dia anterior pela última vez. Uma legião de corpos estirados e mutilados. Centenas de abutres em círculos sob o céu plúmbeo se banqueteavam ao chão. Meia dúzia de homens se agachavam, identificavam e recolhiam um corpo e depois seguiam em frente, puxados por uma mula escura e coberta de chagas. Mas apenas os cadáveres dos brancos eram recolhidos. Os corpos dos nativos eram deixados para trás, como se aqueles corpos comportassem uma vida por demais rente à natureza. Como se a argila que um dia havia forjado a terra e os animais tivesse também forjado aqueles corpos. Coisas entre coisas. Mas vez ou outra ressoava um tiro. Então as aves de rapina saltavam de modo desordenado e abriam suas enormes asas negras e freavam o ar e pousavam poucos metros à frente e estavam agora outra vez ciscando as vísceras e os olhos dos cadáveres.

Esse lugar está amaldiçoado, disse Mair. Esses espíritos sem tumbas nunca vão repousar.

Nossos caminhos estavam tranquilos durante os primeiros cinco dias. Não encontramos nenhuma tribo de botocudos. Tampouco bandidos. Apenas um ou outro mascate, acompanhado de três ou quatro sentinelas. Eram sempre homens amistosos e numa das vezes nos ofereceram vinho e também indicações sobre paragens e até mesmo sobre um prostíbulo onde, segundo disseram, havia espanholas com as virilhas de fogo. Passamos por outra vila mais adiante, mas não paramos e as noites estavam muito claras naqueles dias sem chuva. Moisés não saía da companhia do Cigano e durante as refeições encarava Mair à distância sem que Mair notasse. Ou talvez Mair estivesse fingindo que não notava qualquer coisa para manter alguma vantagem. Difícil saber. Se até então falavam pouco entre si, daquele ponto em diante não trocaram mais nenhuma palavra nem mesmo ameaças. Esse silêncio me fez temer o pior.

Numa noite dessas acordei com os gritos de Mair. Ele se ajoelhou ao meu lado com a garganta cortada e cuspindo sangue e suas mãos tentando conter os jorros que vazavam entre seus dedos. Moisés erguia a faca e preparava outro golpe. Depois de dar fim a Mair, imaginei, ele tentaria me matar. Estiquei o braço e procurei minha arma, mas não encontrei nada. O Cigano contemplava tudo indiferente, ou mesmo satisfeito, sentado à beira da fogueira. Sentado e parado e com as mãos nos joelhos, como um abutre branco à espera dos cadáveres. Mas logo descobri, ao acordar por uma segunda vez, e dessa vez de verdade, que tudo não passava de uma miragem: um sonho terrivelmente real. Mair ainda estava ali, mais vivo que nunca, acariciando seu cavalo e ajeitando suas tralhas. E Moisés mais à frente, estudando o mapa junto do Cigano. E o Cigano então ergueu a cabeça e me encarou, talvez pressentindo as perturbações que aquele presságio me provocara. Talvez pudesse ler nos gestos do meu corpo as imagens daquele sonho, como antigos sábios liam o futuro na disposição dos astros.

Ao fim de um dia quente e seco, à beira de um córrego sem nome, quando paramos para dar água aos cavalos quase frouxos, um barulho começou a crescer na estrada. Um rumor. Pairava sobre a terra como se uma distante montanha fosse empurrada e arrastada pelo vento. Mas logo os ruídos tomaram forma. Era possível distinguir as pancadas dos cascos batendo contra as pedras. Pancadas que ficavam cada vez mais nítidas e próximas, mas sem apagar aquele rumor geral. Nos enfiamos rapidamente na mata fechada e aguardamos em silêncio. O rumor apenas cresceu e se definiu. Então se desenhavam gritos de homens misturados aos abafados golpes no chão, num ritmo acelerado, constante e assustador.

Parece o mar, disse Mair.

O Cigano apenas o encarou e não disse nada.

Mas então eles surgiram, no alto do mirante. Homens fortes, imponentes. Alguns com trajes de soldados e também com pinturas no rosto, outros com os dorsos nus e reluzentes e empunhando pistolas e baionetas e velhas espadas com lâminas manchadas de sangue e também porretes e facões e foices que reluziam recém-afiadas e também com arcos presos aos corpos e mais uma dezena com lanças cobertas de adereços de mil cores e correntes e barras de ferro e até enxadas e pedaços de pau cheios de pregos e dentes nas pontas. Eram negros. Centenas. Homens e mulheres. Um verdadeiro exército. Marchavam contra o vento e seus gritos e cantos estremeceriam e fariam gelar um coração mais frágil.

Mas isso não era tudo.

Parte daquela legião de cavaleiros negros transportava nas suas garupas prisoneiros feridos. Seus corpos nus e ensanguentados e meio vivos. Qualquer sombra de orgulho e coragem, que talvez um dia tivesse dado contorno àqueles rostos brancos, havia desaparecido e se transfigurado em fragilidade sob o impacto da derrota. Lascas de couro cabeludo expostas ao tempo e formando uma placa redonda e noutras vezes tiras de sangue já meio cozido e escuro por causa do sol. Talvez alguns não fossem nada além de cadáveres e o movimento de seus corpos um movimento sem vida e imposto pelo mecânico avanço dos animais. Mas a maioria daqueles troféus de guerra ainda gritava e uivava e com olhos arregalados diante do horror e da força descomunal daquela legião de guerreiros que os arrastava furiosamente como relíquias de pura carne e rancor e sabe-se lá para onde.

Estão voltando de um ataque, disse Mair.

Ao final do comboio surgiu um negro majestoso que talvez fosse o líder espiritual daquele exército. Ele freou seu cavalo no alto do mirante e as rajadas de sol lustravam seu abdômen e cabeça. Ele contemplou os correligionários avançando como um vento justiceiro sobre aquelas matas gerais. E era difícil de se prescrever quais coisas ele deve ter pensado naquele átimo de segundo. Mas logo em seguida esporou seu cavalo e galopou para junto deles e continuou galopando e quando passou perto de nós era possível ver seus vários colares compostos de guizos de cobra e ossos de animais e talvez de gente. Então o fluxo diminuiu e os cascos dos cavalos e os próprios cavalos e os cavaleiros negros estavam longe demais para que pudéssemos ouvir seu trote.

Estão cada vez mais numerosos, disse o Cigano.

A trilha trazia marcas dos cavalos e capim revirado como se algum sopro sobrenatural tivesse caído sobre aquela terra. Cavalgamos receosos sobre os rastros daquela legião de guerreiros. Encontramos um homem com os braços decepados e duas crianças mortas e com seus corpos infringidos e também uma mulher ainda enroscada em cordas. O Cigano parecia não enxergar aqueles corpos como corpos mas como resultado natural de um processo elementar como a chuva ou vento.

As marcas no chão deram então uma guinada abrupta. Buracos provocados por ferraduras e o peso de corpos e cavalos girando em círculos e depois partindo no rumo de uma montanha mais ao leste onde talvez ficasse o quilombo. Nossos caminhos iam em sentidos opostos. E quanto mais me afastava dos vestígios daquela poderosa legião, mais expulsava para longe os temores que aqueles sinais me causavam.

Dois dias depois, aquelas matas densas começaram a ralear e então surgiram grandes plantações de milho e feijão e pequenos grupos de gado e cabras e também ovelhas. Passamos por um monjolo e mais à frente pequenos moinhos d'água e também uma olaria com uma imensidão de telhas de barro enfileiradas e cozinhando sob o sol. Atravessamos também uma extensa ponte de madeira recém-reformada e depois encontramos um posto avançado de soldados que não nos incomodaram, mas também não foram nem um pouco amistosos. O tempo virou e uma tempestade se desenhou no céu. Seguimos adiante e topamos com um velho agricultor guiando um arado arrastado por um burro e acompanhado por um menino mestiço que talvez fosse seu filho ou neto. O velho parou e tirou seu chapéu e o Cigano questionou sobre a distância até os pórticos da cidade e depois da cidade até a divisa e ele disse que não faltava muito.

Mas talvez seja melhor esperar o fim da tempestade, disse o velho. As chuvas nessa época do ano não são coisa de Deus.

O Cigano olhou para o alto e nessa mesma hora um raio se abriu sob as nuvens como um ramo de mil pontas e desenhou fissuras que pareciam veias de luz de algum deus e quando iam se apagando um estrondo grave e estridente ressoou como se um gigante de metal tivesse tentado de repente partir o céu com um machado.

E onde encontramos guarida, meu senhor?

Podem ficar comigo, disse o velho. É uma casa simples, mas forte e espaçosa.

Seguimos o velho e seu arado até um casebre de madeira e barro, mas com telhado resistente. Desarreamos os cavalos e os deixamos no pequeno estábulo do velho e levamos nossas selas e guarnições para dentro e sentamos à beira da lareira. A água lavava e destruía o mundo lá fora.

O velho agricultor jogou mais lenha no fogo e nos ofereceu seu vinho guardado num jarro de barro em canecas de madeira que pingavam e também lascas de carne seca e um pão fresco mas com sabor de mofo e um pouco de queijo um tanto azedo e depois pegou o tição e mexeu no fogo. A luz do dia desapareceu quando a tempestade engrossou e goteiras começaram a aparecer dentro da casa e só ouvíamos o chiado da enxurrada jorrando ao redor e o relinchar abafado dos cavalos lá longe no estábulo pestilento.

Moisés foi até a janela e tentou dar uma olhada nos animais e tomou um banho na cara e todos riram, menos Mair. O velho agricultor lhe ofereceu um trapo de pano e depois acendeu uma lamparina com óleo de mamona e lã e depois se sentou e ficou nos olhando com curiosidade.

Muito tempo na estrada, não?, disse o velho. Um homem começa a esquecer da vida se fica tempo demais nessas matas.

O Cigano o encarou.

Tive um filho que sumiu no Rio Grande, disse o velho. Achei que estivesse morto. Engolido água até estourar o bucho. Mas não. Três anos depois, um viajante, assim como vocês, me contou de um homem louco que vivia à beira do rio e no alto das árvores, comendo peixe cru e matando crianças e mulheres. Ele disse que o homem tinha uma marca de nascença no rosto. Meu filho tinha uma marca igual. Então montei meu cavalo e paguei dois homens pra me ajudar. Eram homens do Serro Frio, acostumados a caçar escravos e caçar índios e também tinham matado dezoito onças, mas não sei se esse número era verdade. Descemos o rio e depois alugamos um barco e descemos mais ainda e então o rio estreitou e surgiram pedras pontudas e afiadas feito dentes. Desembarcamos na beira das corredeiras. Sete dias e sete noites. Talvez mais. Talvez menos. Não lembro ao certo. Seguimos a pé e atravessamos três garimpos e duas tribos de índios mansos que nos deram presentes e nos ofereceram mulheres. E quando chegamos nos limites do mapa, logo ao amanhecer, vimos uma figura esquisita espreitando o rio, na margem contrária. Era meu filho. Estava mudado. Mas quando o vi sabia que era ele. O cabelo e barba cobrindo a cara e os ossos já furando a pele. Mas juro por Deus que era ele. Mandei os homens atrás dele, caçar ele, trazer ele pra mim. Não foi difícil. Sentei na frente dele e chamei seu nome três vezes e nas três vezes ele não reagiu. Parecia um corpo sem alma, possuído pelo espírito de algum animal mais antigo que talvez já estivesse desde sempre dormindo dentro dele, mas que agora estava finalmente acordado.

Qual era o nome do seu filho, velho?, perguntou o Cigano.

Simão.

Trouxe ele de volta?

Trouxe. Mas era melhor ter deixado ele lá. Parecia uma onça quando voltou. Amarrei ele na cama e tentei dar comida, dar banho. Mas ele só fazia por urrar e berrar e morder a própria língua e a boca. Nem chamei padre nem nada.

Por quê?

Iam dizer que era o próprio diabo, disse o velho. Jogar ele na cadeia, ou mandar por fogo.

Acha que o diabo vive nesse sertão?, perguntou o Cigano.

Não sei, não penso muito nessas coisas, disse o velho. Jogo uma semente no fundo do chão e ela cresce e brota e depois me alimenta. E alimenta esse menino. Não acho que o diabo tem esse poder.

Nunca existiu diabo aqui, disse Mair. Meu povo não conhecia diabo nenhum, nem os outros povos que viviam aqui. Nenhum índio viu diabo nessas terras.

Exato, disse o Cigano. Os ancestrais mais antigos dessas terras viviam entre as conchas e o mar, antes de cavarem casas no chão ou no meio das matas. Havia algum tipo de mal? Só o esquecimento e a morte. O mal natural e bom. Os antigos feiticeiros dessas terras só começaram a sonhar com Satã depois que escutaram as palavras dos padres. Depois que os padres ergueram capelas, exibindo a imagem do seu cristo esfolado a toda a gente. Lendo em voz alta as frases do seu livro e impingindo pela força seus mandamentos. Missas em latim e casas com a imagem do filho de Deus sangrando meio vivo e crucificado. Foi aí que o diabo chegou, não foi? Chegou junto com as pragas e doenças dos homens ilustrados. Ele veio nas mesmas caravelas que os padres, dentro do coração dos padres, dentro daquelas palavras.

Pode ser, disse o velho. Mas a verdade é que aquilo que estava amarrado na cama não era meu filho. Então o coloquei num cavalo e levei ele de volta. Deixei ele no mesmo lugar onde o tinha encontrado. Deve ter morrido pouco tempo depois. Ou sei lá. Pode ter ficado lá também. Até hoje. Fuçando nas margens daquele rio.

Se acontece comigo, disse Moisés, que me matem de uma vez. Tiro. Na testa. Bum. E se acaba a tormenta.

Seria um prazer, disse Mair. Mas não sei se Moisés escutou.

A chuva enfraqueceu, mas já era noite. O velho nos ofereceu guarida e matou alguns frangos e os preparou na brasa e o menino o ajudou a servir e era um menino de olhos vivos e desconfiados e talvez já com ódio por conta de algum segredo que talvez nunca viesse à luz. O encontrei do lado de fora da casa, contemplando a terra encharcada e auscultando o grosso chiado do córrego mais além.

A chuva parece ruim, eu disse, mas é boa.

O menino me olhou e não disse nada.

O Cigano jogou três moedas ao velho e seguimos nosso rumo ao amanhecer. As patas dos cavalos afundavam naquela terra ainda encharcada e o sol forte fervia o ar úmido. Atravessamos os pórticos da última vila antes da fronteira sem descer dos cavalos e os moradores daquele lugar nos olharam com indiferença. Uma pequena comunidade que funcionava como lugar de passagem. Havia mais viajantes que moradores fixos e mais soldados que homens sedentários. Era como um grande porto de pequenas embarcações terrestres e tropeiros e jovens aventureiros em busca de fortuna ou velhos desesperados em busca de comida e trabalho. No ponto mais alto da vila estavam erguendo uma igreja e no topo do andaime havia um homem aleijado que parecia um anão negro de cabeça grande. Na ponta das mãos, ele tinha instrumentos de ferro e cobre e esculpia os beirais e ornamentos da igreja auxiliado por um ajudante. Mais à frente um bando de soldados arrastava uma tropa de negros feridos e talvez fossem quilombolas, mas era difícil saber. E ainda mais além, quase na saída da cidade, um cortejo fúnebre, com meia dúzia de caixões miúdos, passou por nós num silêncio sufocante.

A certa altura da estrada, próximo da divisa com a Comarca do Rio das Mortes, encontramos uma tropa de capitães-do-mato, formada exclusivamente por mestiços e negros. Uns vinte homens fortemente armados. Estavam acampados debaixo de uma árvore e alguns deles organizavam uma fogueira. Um daqueles homens desgrudou-se da tropa e logo foi acompanhado por mais três e eles fecharam a estrada e esperaram que chegássemos até eles. Seu semblante não era nem amistoso nem hostil. Apenas cuidadosos. Cuidadosos demais.

O Cigano freou seu cavalo e saltou e caminhou sozinho até eles e falou alguma coisa que não pudemos ouvir e depois eles o conduziram para o acampamento e o Cigano desapareceu debaixo da lona de uma barraca que parecia pequena demais para comportá-lo. Os demais soldados ficaram nos olhando e encarando, mais com desdém e soberba do que qualquer outra coisa. Talvez nos achassem ingênuos e fracos para as brutalidades daquelas terras.

Assassinos de primeira linha, disse Moisés. Já trabalhei com homens assim. Se suspeitam que temos ouro, estamos mortos.

Então fale um pouco mais alto, disse Mair. Seu língua de cobra.

Moisés o encarou mas não disse nada.

Ficamos ali parados debaixo do sol e depois saímos da estrada para dar lugar a uma carroça cheia de milho e abóbora e também a um jovem pastor e um bando de cabras e também a meia dúzia de cavaleiros escoltando um padre e isso foi tudo. O Cigano saiu da cabana sorrindo, mas logo ficou sério e montou no cavalo em silêncio. Seis daqueles homens o acompanharam e se juntaram ao nosso bando e nem falaram seus nomes e apenas seguiam o Cigano. E nem ele e nem aqueles seis homens de pele confusa disseram qualquer coisa até o raiar do dia.

O Sabará, disse o Cigano ao redor da fogueira. O chefe dos capitães-do-mato me contou algo curioso. Algo que revela a força grandiosa do acaso. O Sabará, o destemido Sabará, assumiu os vazios desses caminhos. Ora, vejam. Um fantasma que volta dos mortos para honrar nossa jornada. Pois agora temos que atravessar seus territórios de mando para chegar ao nosso destino.

Piedade, disse Moisés. Vamos terminar pregados numa cruz de ponta-cabeça.

Talvez seja o mais cruel dos criminosos dessas terras, disse Mair quando nos afastamos para olhar as estrelas e partilhar o cachimbo. Ele e o Cigano trabalharam juntos. Faz muito tempo. Tempo demais. Eram a escolta pessoal de um grande minerador das terras do Baependi, um padre de nome hoje esquecido. O sujeito acumulou tanto ouro e escravos que mandou construir naquelas terras um pequeno castelo. Um louco. Pois não ficou satisfeito e depois construiu um jardim. O Cigano os traiu. Degolou o padre e lhe arrancou os pés com um machado e depois tentou matar o Sabará, mas não foi tão fácil assim. Duelaram de faca e dizem que muita gente avistou as faíscas de metal contra metal daquela luta de longe. O desgraçado do Sabará sobreviveu sem sequer arranhar o Cigano. Perdeu um olho e o Cigano quase lhe rasgou a boca com a faca. Mas o Sabará é desses homens desgraçados, ruins, ocos por dentro. Um desgraçado quase tão desgraçado como o próprio Cigano. Se não estou enganado, se aquilo que ouvi nas tavernas é verdade, o Sabará ainda teve tempo de tacar fogo no castelo do padre e fugir com parte do tesouro. Depois comprou seus próprios mercenários e sua própria mina de ouro. O castelo ainda existe. Eu o vi uma vez. Ruínas cobertas de mato e pedras chamuscadas de fogo. Dizem que aquelas ruínas depois serviram de guarida a um quilombo. Não sei bem. Há muito de lenda e meias-verdades nessas histórias antigas, disse Mair.

5

Mársias, um sátiro ligado a Dionísio, encontra um *aulo* jogado no chão. *Aulo* é uma flauta de duas cabeças. Quem abandonou a flauta no chão foi a deusa Atena. A deusa da sabedoria ficara irritada com o fato de que, para tocar o instrumento – que ela própria havia inventado –, suas bochechas ficavam infladas e ruborizadas, distorcendo sua beleza.

Os sátiros, como Mársias, são seres híbridos, metade homem, metade animal. Para ser mais preciso: metade homem, metade bode. Assim como as ninfas, são divindades da natureza, ligadas aos excessos do corpo, à desmedida, à desmesura, ao exagero. O *aulo*, a flauta de duas cabeças, é um símbolo da potência da natureza e do corpo: do irracional. Mársias, o sátiro, tornou-se um exímio músico, um perito aulista. Sua vitalidade o levou a desafiar Apolo, o deus do equilíbrio, da ordem e da razão, mas também das profecias e dos oráculos. O mais famoso oráculo de Apolo foi aquele que perseguiu Sócrates por toda a vida: Conhece-te a ti mesmo, esculpido nas rochas do templo de Delfos. No duelo entre Mársias e Apolo, o júri foi composto pelas Musas, mas também, em algumas versões, pelo Rei Midas. O vencedor do duelo, esse era o acordo, poderia castigar o perdedor como quisesse. Mársias terminou derrotado. Apolo, o deus da razão, do equilíbrio e da luz, amarrou Mársias à árvore, e, sob choro das ninfas e dos animais, arrancou lentamente a pele do sátiro com uma faca.

Apolo, um dominador-sádico, subjugando Mársias, o sátiro submisso e masoquista. Cordas, facas, imobilização. Exibicionismo e voyeurismo. Muita dor e prazer, como em uma performance BDSM.

*

Numa leitura apressada do esfolamento de Mársias, o olho do cristão dos nossos dias talvez rememore a imagem angelical do próprio Cristo renascentista – branco, alvo, cabelos louros – fundida na figura de Apolo. Enquanto Mársias, com chifres e pés de bode, figurasse como o demônio popular. Ora, é um erro comum. Na verdade, os dois foram tratados como seres demoníacos pelos padres da Igreja Católica. As características de Mársias se fundiram a outras figuras pagãs, como aquelas dos cultos milenares de adoração da natureza, praticados especialmente por mulheres – por exemplo o *Horned God*, dos wiccanos – as quais a Igreja exterminaria sistematicamente em fogueiras, sob acusações de bruxaria. Hipátia, Angèle de la Barthe, Matteuccia de Francesco, Joana d'Arc, Ann Hibbins foram algumas das mulheres castigadas e exterminadas pelas palavras dos evangelhos.

*

Na coleção intitulada *Pinturas Negras* que enfeitava sua própria casa, Goya retratou um grande bode realizando o *El Aquelarre*, ritual que envolvia danças, adorações, banquetes e relações sexuais. Práticas corporais que a Igreja agostiniana, assustada com a força da elevação espontânea da energia sexual, era incapaz de entender e tolerar. Atento leitor de Platão e dos maniqueus, Agostinho carregou dentro da sua própria teologia, voluntária e involuntariamente, os rastros do gnosticismo maniqueísta que tentara, durante toda a sua vida, em vão esterilizar. A filosofia agostiniana via na prática sexual reprodutiva a transmissão do pecado, a propagação da nódoa maléfica da dimensão material. O mal é inerente às paixões do corpo e enganosas sensações da matéria. E o desejo sexual, mesmo o amor mais sincero e fiel, é um mecanismo de contágio, de infecção. Para o bispo de Hipona, um inocente recém-nascido em seu berço, pelo simples fato de habitar um corpo e ser fruto dos tremores da carne, traz dentro de si a herança do mal: a expulsão do Paraíso. A iniquidade humana é uma doença sexualmente transmissível.

*

Há na estrutura e na forma de toda religião monoteísta uma semente de autoritarismo. Por mais arejado que seja seu conteúdo discursivo em alguns pontos, o catolicismo não admite a coexistência de outra forma de ser e ver o mundo. Até os pensamentos e desejos mais íntimos do sujeito são controlados através do instrumento coercitivo da confissão. Fora das fronteiras do dogma, está a ovelha desgarrada, o estrangeiro que se desviou do caminho e precisa ser domado e se submeter ao sistema teocêntrico das palavras literais de um único deus absoluto. Ao longo da história, as religiões monoteístas foram responsáveis por inúmeras guerras, extermínios e massacres. Não conseguiríamos contar o número de mortes injustas produzidas pela palavra dos padres da

Igreja. Os teólogos católicos foram os principais ideólogos do pensamento Colonial, empreendendo um esforço filosófico para dar ares de justiça ao extermínio dos povos originários, que eram vistos como seres sem alma e devotos de religiões primitivas e atrasadas. Estimativas recentes afirmam que apenas no continente Americano, os impérios cristãos da Espanha, Portugal e Inglaterra exterminaram setenta milhões de pessoas, sem contar os doze milhões de negros escravizados arrancados à força do continente africano. O maior genocídio da história da humanidade.

*

O céu sobre a tua cabeça se tornará como bronze, o chão debaixo dos pés como ferro.

Yahweh transformará a chuva da tua terra em cinza e pó, que descerá do céu sobre ti até que fiques completamente em ruínas. Deuteronômio. Capítulo vinte e oito. Versículos vinte três e vinte e quatro.

*

A tese do Pecado Original agostiniana recebeu críticas dentro da própria igreja, em um famoso debate que ficou conhecido como a querela pelagiana. Como nos conta o historiador Stephen Greenblatt, em *Ascensão e queda de Adão e Eva*, além de usar da sua influência com os poderosos, Agostinho teve o cuidado de enviar, através de um aliado, um magnífico presente a corte papal: oitenta corcéis numidianos. Pelágio, seu adversário, foi condenado, excomungado pela Igreja e exilado no Egito.

*

Jean Decety, neurocientista e psicólogo da Universidade de Chicago, publicou recentemente um trabalho científico cujos resultados sugerem que crianças criadas em um ambiente familiar ateu são mais altruístas, éticas e generosas do que crianças de famílias religiosas. Além disso, a pesquisa revelou que crianças religiosas são mais severas que as não religiosas na hora de condenar as outras crianças, por exemplo, quando sofrem um empurrão.

*

Apolo, um deus solar, não teria o mesmo destino de Mársias e dos sátiros, de um Dionísio. O culto do aspecto solar é algo por demais arraigado na cultura pagã para ser abandonado por completo. É o sol que expulsa o inverno, ergue colheitas, move o sangue, excita os corpos. Por mais que tenha se tentado expulsar *O portador da Luz* para as trevas do inferno, durante a Idade Média, alguns de seus atributos sobrevivem e retornam na construção teológica da figura de Jesus: os padrões de beleza física – cabelos louros, brancura luminosa, inteligência – vão ser projetados e ressuscitados na construção do Cristo da Renascença, em detrimento daquilo que seria um possível Jesus histórico, ou seja, um homem mais próximo dos habitantes do Norte da África do que dos caucasianos brancos e nórdicos. O Jesus construído pela iconografia católica, e reforçada pelos teólogos, é filho de Apolo, um Deus pagão, sabedor de oráculos. Um exemplo forte da sobrevivência e metamorfose de Apolo em Jesus é a recomendação dada por São Jerônimo ao tratar da liturgia do batismo: o cristão, depois de morrer para o pecado, deveria se voltar para o leste e restabelecer a aliança com o *Sol da Justiça*. Ou seja, olhar para Jesus, o Cristo Solar, Apolo, A Luz da Razão, ou verdadeiro *Portador da Luz,* Lúcifer. Essas três entidades estão juntas na crença católica.

*

Um dos sete assassinos veio morar aqui, disse Tião das Almas. Virou homem católico fervoroso. E no fim de semana trabalhava de graça no asilo. Um exemplo de retidão, de coração aberto. Carregava aquele crime como um segredo, e ninguém sabia que ele era um dos homens que tinha entocado e despelado o pobre João Garcia naquelas terras do São Bento Abade, disse Tião. Ninguém lembrava daquele crime. E foi aí que o Januário voltou. No meio da quaresma. Ficou vivendo aí, de nome falso, trabalhando de ajudante do padre. E o padre precisava de um apóstolo pra encenação da sexta-feira santa. O assassino do seu irmão ia ser Jesus. A encenação foi de noite, ali em roda da Igreja Velha, na época que essa igreja ainda reluzia nova, mas não tinham luz, não tinha televisão, não tinha essa bobajada. Tudo na base de lampião e tocha, um mundaréu de tocha, que alumiava longe. E quer saber mesmo como foi? Pois te digo: se eu contar, ninguém acredita.

*

Luciano Garcia D'Alessandro. *O Sete Orelhas: ou a história das perseguições aos descendentes dos colonos de origem flamenga no Brasil.* Página cento e cinco de seu livro. No ano de mil oitocentos e quarenta e seis, quando de uma visita de S. M. Imperial D. Pedro II à cidade de São Paulo, em meio ao já tradicional concurso entre estudantes para composição da melhor peça de teatro, ocorreu uma importante estreia. O bacharel recém-formado Martim Francisco Ribeiro de Andrada apresentou à plateia do Teatro da Casa Ópera a peça de teatro *Januário Garcia, O sete orelhas, drama em três atos e cinco quadros.*

*

JANUÁRIO GARCIA (*como que continuando a conversa*)

Sim, Anna, os Paulistas de hoje são degenerados filhos dos Paulistas de outrora. Foram essas firmes crenças religiosas que obravam prodígios. Já não há quem recorde da lealdade de um Amador Bueno, e a valentia de um Tybiriçás porque ninguém hoje é capaz de imitá-los. As peregrinações de nossos avós por ínvios desertos transpondo rios, derrubando matas e afrontando o furor das feras bravias; os sanguinolentos combates em que venceram os Emboabas são taxados de fabulosos por aqueles que deviam ufanar-se de sua verdade. O luxo, esse carreiro que rói o suco vital das sociedades trazido à nossa terra pelo estrangeiro sequioso de nosso ouro, veio murchar-lhe as esperanças de ventura, corromper o coração de nossos patrícios e fazê-los escarnecer as proezas de seus avós. Ao bacamarte, que fazendo retumbar os ecos das florestas derribava as feras que as habitavam, substituíram-se louçainhas e os enfeites, à antiga lealdade que sabia cumprir o que prometia – os cortejos fingidos e os falsos oferecimentos. E eu, Anna, que amo minha pátria mais que a mim mesmo, eu que me alegrava com a sua ventura como os pássaros se alegram com os primeiros raios de sol, olho para o túmulo como suprema ventura, porque me poupará o pesar acerbo de ver as provanças e os amargores porque Ela tem de passar. E ao provar-lhe o medonho porvir, sinto as faces se me enrugarem na força da idade, e os cabelos me branquearem antes do tempo.

*

Olhando o trabalho de William Blake, nas suas *Ilustrações do Livro de Jó*, publicadas em mil oitocentos e vinte e seis, encontramos Lúcifer castigando o corpo do mais fiel dos servos do Deus de Abraão. Há um curioso círculo celestial ao redor da cabeça do demônio. Além disso, representando *A estrela da manhã*, o sol brota no horizonte e resplandece nas costas do *Portador da Luz*. Os feitiços malignos, como uma lâmina, descem das mãos do mais belo anjo e dilaceram e rasgam cada milímetro da pele de Jó: uma única chaga do alto da cabeça à planta do pé.

No trabalho inspirado em *Paraíso Perdido*, de John Milton, Blake constrói um Lúcifer angelical. Os cabelos louros quase flamejam, irradiando luz.

*

Padre naquela época eu nem sei, disse Tião das Almas. Mas era padre sério, batina preta, espantava espírito ruim de criação, tirava quebranto de criança, desafastava demônio de casa assombrada. Quando ergueram Jesus na cruz e ele começou a conversar com os ladrões do seu lado, veio o tiro. Senhor, Senhor, por que me abandonastes? Acho que foi bem nessa hora. Se não foi, foi quase igual. Senhor, por que me abandonastes? E bum. Um tiro certeiro no peito do Nosso

Senhor Jesus Cristo crucificado. O padre caiu duro pra trás. E a mulherada debandou. Então um dos apóstolos trepou na cruz e arrancou uma faca e depois decepou a orelha do Nosso Senhor.

*

No ano de mil oitocentos e sessenta, explica Luciano Garcia D'Alessandro, foi publicado em Leipzig, na Alemanha, a obra *Poetische Fragmente*, de autoria de Ludwig Ferdinand Schmid. O poeta, que nasceu em Berna em mil oitocentos e vinte e três, viveu muitos anos no Brasil. Chegou ao porto de Santos em mil oitocentos e quarenta e três e, anos depois, foi nomeado Cônsul Geral do Império Austro-Húngaro no Rio de Janeiro. Escrevendo sob o pseudônimo de Dranmor, Schmid inseriu em sua *Poetische Fragmente* um poema intitulado *Januário Garcia*:

Vieram-lhe ao pensamento as astucias e vinganças do inimigo;
e a angustia, que não sentiu em vão, lhe deu azas na corrida.
Sem dúvida não tardaria a achar o rapaz.
Mal, porém, podia crer o que viram seus olhos.
Como?! Aquélle o seu filho?!
Encostado em uma árvore, com as mãos ligadas a uma espuma vermelha nos lábios?
Ah! E o peito aberto em feridas por sete, sete! facadas!

Como explica Luciano Garcia D'Alessandro, na página cento e quatorze de seu livro, nessa versão, não há uso da alcunha Sete Orelhas.

*

Walter Benjamin. *Origem do drama barroco alemão*. Página duzentos e cinquenta. Foi somente na Idade Média que os traços nítidos e angulosos desse Satã foram esculpidos na antiga cabeça demoníaca, originalmente muito maior. A matéria, que segundo a doutrina gnóstico-maniqueísta havia sido criada para promover a *destartarização* do mundo, absorvendo em si o diabólico, para que com sua eliminação o mundo pudesse se apresentar purificado, lembra-se, através do diabo, de sua natureza *tartárica*, zomba de sua *significação* alegórica e escarnece de todos aqueles que imaginam poder investigá-la, impunemente, em sua profundidade. Assim como a tristeza terrestre, também a alegria infernal corresponde à alegoria, frustrada em seu anseio pelo triunfo da matéria. Daí a jovialidade infernal do intrigante, seu intelectualismo, o saber das significações, de que ele dispõe. A criatura muda pode ter a esperança de salvar-se através das coisas significadas. A astuta versatilidade do homem se manifesta, e dando, na consciência de si, um aspecto humano ao elemento material, num cálculo depravado, contrapõe ao alegorista o riso zombeteiro do inferno. Mas, nesse riso, a mudez da matéria é vencida.

*

Os sátiros nunca aparecem sozinhos. São sempre legião. E até nisso desrespeitam os limites. Mársias, que possuiu um nome, é um caso à parte da regra. A faca de Apolo lhe garantiu identidade. Há uma rústica brutalidade em todo juízo racional. Organiza e exclui, corta e separa: limpa as palavras e arranca as tripas das coisas.

*

Na gravura de Theodor Galle, de mil seiscentos e doze, a cabeça de Apolo explode luminosa como o próprio sol. O mesmo sol que, circulado por anjos, irradia da cabeça de Miguel Arcanjo, gravura de Hieronymus Wierix, de mil quinhentos e oitenta e quatro, subjugando a serpente das trevas, conforme o versículo sete do capítulo doze do livro do Apocalipse. E a pele de Mársias, como uma veste caída ao chão, carrega uma semelhança curiosa com as representações de São Bartolomeu.

VI

Foi a primeira vez que vi o Cigano apreensivo. Se ele fosse um homem comum, um homem como qualquer um de nós, eu poderia dizer que ele estava com medo. Medo de reencontrar esse bandido a quem chamavam o Sabará. Cavalgava na frente do bando em silêncio com o sol nas costas e sua cabeça branca reluzia untada em suor e seu cavalo resfolegava exausto e pronto a cair frouxo no chão. Ele e o animal pareciam compartilhar alguma conexão mais profunda. Respiravam no mesmo ritmo. Homens e animais cujas vidas estão submetidas a um pacto.

Os seis capitães-do-mato que o Cigano havia contratado não se misturavam. Sempre juntos. Calados. Tão calados que pareciam incapazes de se comunicar por palavras. Como se estivessem num luto perpétuo. O luto de terem um dia nascido. Homens excessivamente práticos e objetivos, sem disposição à mínima cordialidade. Havia certa dose de insensatez naquele ato. Contratar um bando de estranhos, armados e sem piedade, e em número maior que o nosso próprio bando, para auxiliar naquela travessia. A qualquer momento, sem aviso, eles poderiam nos atacar pelas costas. Roubar nossas roupas, armas e cavalos, para então descobrir felizes nosso pequeno baú de ouro. Ou atirar apenas para ouvir o ruído de um homem tombar sem vida. Nossa aventura terminaria com três corpos nus e desfigurados e jogados na beira daqueles campos gerais. Por outro lado – e talvez fosse esse o raciocínio do Cigano, embora não o tenha expressado –, contar com aqueles estranhos era uma insanidade equivalente a enfrentar sozinhos as tropas desse tal de Sabará. Difícil saber. Todos os caminhos de nossa jornada pareciam ser atraídos e empurrados para as portas da morte. A morte nas estradas e campos, as ruínas da morte infligida e estampada nos corpos daqueles homens. Pois entre aqueles soldados sem nome que nos acompanhavam havia um homem cego de um olho, com uma longa cicatriz que começava na testa e descia até o pescoço. E um segundo com metade dos dedos das mãos. E um terceiro com marcas de escalpo nos braços e na cabeça. Os demais possivelmente traziam suas marcas de guerra, buracos de bala e talhos de facas. Chagas do inferno escondidas sob as vestes, embora não as tenha contemplado. Eram sobreviventes e assassinos habituados a vagar por terras selvagens. Sujeitos cuja distância entre a morte e a vida era mínima. Mair e eu tivemos o cuidado de sempre cavalgar ao lado deles. Na mesma linha, nem às costas nem à frente. Pois, se ficássemos para trás, poderiam ficar desconfiados e nos matar por cisma. E se ficássemos à frente, talvez nos tombassem apenas por constatar nossa fragilidade.

Na primeira noite, dormimos nas ruínas de uma fazenda abandonada. Ouvi o ruído das botas dos estranhos caminhando ao redor da casa enquanto se revezavam como sentinelas. Pela manhã, um deles matou uma cobra e depois a limpou e arrancou a pele e a espetou e a deixou assando na fogueira e eles a comeram em silêncio e sem nos oferecer nada. Mais tarde, já na estrada, encontramos uma comitiva de dois soldados que voltavam com um escravo castigado amarrado por uma corda e esses homens disseram ao Cigano para evitar as serras. Pois havia rastros de cavalos indo naquela direção.

E talvez fossem a gangue que não queríamos encontrar. Passamos por uma fazenda recém-destruída e com homens espetados nas cercas e meia dúzia de corpos crucificados e calcinados e também donzelas caídas nuas no chão e até as galinhas haviam sido mortas com tiros. Os capitães-do-mato e também Moisés rastrearam ao redor em busca de algum espólio e nada encontraram. Um dos estranhos apontou para uma trilha na direção do rio e à beira do rio havia uma velha jangada. Desarreamos os cavalos e atravessamos remando e puxando os cavalos pelo estribo. Mas o cavalo do estranho de cicatriz e cego de um olho fraquejou e quase foi arrastado pela correnteza e a jangada quase tombou mas voltou ao normal e o homem puxou seu cavalo e gritou coisas que eram impossíveis de escutar ou mesmo compreender. Nadaram e depois de fraquejar mais uma vez já estavam num ponto mais raso e suas patas tocaram o chão e ele chegou do outro lado. Havia uma tribo de índios mais abaixo, na margem oposta de onde tínhamos vindo, nos olhando e empunhando suas flechas e um dos capitães deu um tiro e eles desapareceram na mata.

Quatro ou cinco dias depois, os caminhos se estreitaram numa cava. Havia marcas de cavalo no chão. Dez ou doze animais. O Cigano abriu seu mapa e depois estudou as montanhas escarpadas ao redor, cheias de pedras afiadas e também de árvores baixas e muito juntas e enroscadas em cipós e decidiu mandar dois batedores à frente e esperar. Os estranhos cavalgaram naquele estreito. Ficamos em silêncio e atentos e com as armas em punho e, depois de três horas esperando, o Cigano balançou a cabeça e subiu no seu cavalo e o esporou. Subimos nos nossos cavalos e fomos no seu encalço. Ninguém dizia nada. Moisés tinha os olhos vidrados e varria suas costas e depois o alto daqueles barrancos e depois o caminho à frente tentando talvez alcançar uma possível emboscada. Nada além do resfolegar dos cavalos e o trote constante no cascalho. Quando passamos um lance mais estreito daquela cava, um vulto saltou sobre nossas cabeças e grunhiu de um lado a outro da passagem e o Cigano deu um tiro e aquela coisa gemeu e despencou sem vida e com o peito estourado no chão. Paramos.

Um maldito macaco, disse Moisés. A porcaria de um bugio. Isso é um sinal.

O bicho nem gemia e nem respirava. Umas mãos miúdas iguais de gente. O chumbo desenhara uma flor vermelha no seu ventre e ele arregalou os olhos igual a uma criança. O Cigano não disse nada. Mas aquele tiro tinha sido um erro. Diminuímos o ritmo procurando fazer o mínimo de barulho e depois paramos num riscado d'água que minava das pedras e empoçava no chão. Demos de beber aos cavalos e as marcas dos cavalos dos batedores que o Cigano havia mandado se confundiram daquele ponto em diante. Misturavam-se a outras marcas que iam e voltavam e giravam em círculos e depois partiam para o interior mais profundo da cava. Nenhum sinal de sangue no chão. Nenhum objeto deixado para trás. Foi nessa altura que ouvimos um trote surgindo às nossas costas. Avançando rápido.

Mair deitou o ouvido no chão: Dois ou três, disse.

Nos dividimos nos cantos daquela cava, mas a parede era íngreme e lisa e sem ocos para se esconder e com uns poucos galhos raquíticos e capim seco. Deitei no chão. Engatilhei a arma, mirei e esperei e estávamos todos prontos para matar ou morrer. Um vento frio e pesado tomou conta do meu peito e me faltou um pouco de ar. Imaginei meu corpo cravejado de tiros e crucificado e depois queimado meio vivo, igual aos tantos corpos que tinha encontrado na estrada. Foi tudo muito rápido. O barulho dos cavalos cresceu e já dava para ouvir os relinchos. Meio cego. Meio febril. Suor caindo nos olhos. Então eles apareceram. Eram dois. Atiramos sem pensar e os cavalos tombaram e os homens em cima também e depois atiramos outra vez e continuamos atirando sem trégua nos cavalos caídos e esperneando e se retorcendo no chão.

Chega, disse o Cigano.

Ele se levantou e caminhou na direção dos corpos. Só aí recobrei a vista. Eram os dois estranhos que ele mesmo enviara. Amarrados nas celas, com um suporte preso nas costas. E as cabeças decepadas. Reconhecíveis apenas pelas roupas cravejadas de chumbo e pelas botas. E se vieram da entrada da cava, do mesmo lugar que haviam partido, bem antes de nós, isso significava uma única coisa: estávamos cercados. E, de certa maneira, já meio mortos.

Eles não vieram de imediato. O sol foi embora e naquela noite aguardamos em silêncio o ataque derradeiro, um ataque sempre postergado. Ouvíamos apenas a respiração uns dos outros e dos nossos cavalos que às vezes fungavam e enfiavam as cabeças no capim baixo e seco e mastigavam e batiam o rabo contra o lombo. No meio da madrugada, surgiu uma legião de lobos atraídos pelo cheiro de carne fresca. Eles uivaram e desceram as escarpas mais à frente e rosnaram e uivaram mais forte. O capitão-do-mato cego acendeu uma tocha para mantê-los a uma distância segura. E os olhos cinzentos daquelas pequenas bestas reluziram na escuridão como velas de uma luz gris e enevoada, velas que guiassem alguma procissão demoníaca. Eram doze, talvez mais. Preparamos nossas armas, mas o Cigano deu ordens para não atirar. Ouvimos os animais estraçalhando e mastigando os cadáveres frescos dos dois estranhos e também dos cavalos na escuridão. E com aqueles barulhos bestiais eu podia imaginá-los brigando entre si e trocando mordidas e rosnando e uivando e depois voltando a descarnar aqueles corpos com suas mandíbulas brancas besuntadas de sangue. Satisfeitos, eles se afastaram. Os uivos ficaram cada vez mais distantes até desaparecerem engolidos pelo silêncio. Ao nascer daquele dia quente e úmido, as carcaças dos corpos iam surgindo desfiguradas à medida que as sombras desapareciam. Moisés balbuciava coisas incompreensíveis. Talvez já estivesse enlouquecendo. Talvez estivéssemos todos meio loucos diante da asfixiante morte anunciada. Abutres voavam em círculos no céu e um deles pousou à beira da cava e depois mais outro. Então desceram num salto e enfiaram suas cabeças entre as moscas, entre as vísceras dilaceradas dos cavalos. O capitão-do-mato cego de um olho caminhou até eles e os espantou, mas depois eles voltaram e ele os espantou de novo. Era uma luta vã. Os círculos que aqueles animais desenhavam no céu forneciam ao bando do Sabará nossa localização. Mair se sentou ao meu lado e seu semblante era sério e sem esperanças, mas também de certa forma pacífico e tranquilo.

Estou esperando, ele disse. Um milagre. Uma daquelas diabruras do Cigano.

Numa batalha que ficou famosa, uma tropa de bandeirantes liderada por Bartolomeu Bueno da Silva, cercada e quase sem munição, terminou entocada numa caverna. O ano é mil seiscentos e quarenta e sete. Os sertanistas vinham avançando no miolo das gerais, mas tiveram que recuar e recuar e ficaram prensados entre uma legião de botocudos e uma serra intransponível. Rastreadores partiram dos dois lados da encosta à procura de alguma passagem e um deles voltou dando indicação de uma caverna. As tropas se esconderam lá e resistiram o quanto puderam. Bartolomeu lançava de tempos em tempos missões de sete ou oito homens, no meio da noite, para que pudessem furar o cerco botocudo e buscar reforços em vilas próximas. Mas era tudo em vão. Depois de um tempo, as cabeças e os membros daqueles homens esquartejados eram lançados de volta à caverna na ponta de lanças e suas orelhas e línguas vinham em flechas. E os homens lá dentro, quase sem munição e cobertos de medo, fugiram desesperados e terminaram mortos e esquartejados. Bartolomeu Bueno da Silva, prestes a perder o comando dos seus homens, decidiu incendiar a mata, sob risco de morrerem eles mesmos sufocados e calcinados e irreconhecíveis no interior daquela gruta amaldiçoada. Enquanto os brancos atiravam com sua última leva de munição, quatro ou cinco soldados de Bartolomeu se espalharam pela floresta e atearam fogo na mata. O incêndio cresceu e se espalhou rapidamente e ferveu o ar no interior da caverna. Empurrados pelo fogo, os índios recuaram e depois desapareceram. Alguns homens sobreviveram. Feridos e famintos. Entre eles o próprio Bartolomeu.

Os planos do Cigano não encontraram qualquer resistência. Colocaríamos fogo nas encostas, dos dois lados da cava. E o fogo iria rapidamente se espalhar e varrer aquela passagem e subir a serra e nos dar alguma chance de escapar do cerco do Sabará. Limpamos um clarão próximo de onde estávamos e onde os cavalos tinham pastado e logo ao anoitecer os capitães-do-mato acenderam suas tochas e contemplamos o fogo crescer e se espalhar e tivemos de segurar os cavalos nervosos diante do calor e das chamas. O cavalo de Mair escapou e correu na direção da cerca de fogo e desapareceu de vista. Esperamos quietos e calados e com as armas em punho e o cheiro da fumaça enchia o ar. Depois de mais ou menos uma hora, as chamas escalaram e lamberam as escarpas e os estalos e clarões do incêndio iam agora mais além.

Vamos, disse o Cigano.

Pegamos nossos cavalos e galopamos com armas em punho perseguindo o rastro do incêndio. Mair vinha na minha garupa. Quando avistamos a saída ao norte daquela passagem, o fogo já tinha se precipitado pela floresta mais à frente e não havia nenhum sinal dos homens do Sabará ou do próprio Sabará. As labaredas eram do tamanho de igrejas e apontavam para o céu negro e sua luz obscurecia as estrelas. Depois se inclinavam golpeadas pela vontade do vento e dançavam sob as árvores e avançavam sem piedade, deixando para trás um rastro de pó e cinza e pequenos animais mortos e encolhidos e petrificados e que se partiam num som crocante sob as patas dos cavalos. O Cigano apontou para a esquerda e seguimos num corredor entre a montanha e o fogo, sempre atentos e receosos e sem saber o que nos esperava. Ouvimos os relinchos de um cavalo e empunhamos nossas armas e seu vulto surgiu e depois o fogo o iluminou. Ele tentava escalar as escarpas e corria e escoiceava e não havia ninguém por perto. Era o cavalo de Mair. Ele desceu da minha garupa e rodeou o animal e falou com ele e alisou sua longa crina e depois o montou e seguimos em frente. A serra ao nosso lado desceu e se aplainou e giramos nossos cavalos e esporamos os animais. Às nossas costas, as luzes do fogo diminuíam à medida que avançávamos confiantes nas profundezas da escuridão da noite.

Ao amanhecer, quando trotávamos sem pressa, um bando de seis homens surgiu no nosso encalço. Estavam longe demais para atirar. Seus cavalos eram velozes e pareciam mais descansados que os nossos. Galopávamos o mais rápido que podíamos. Gritando e esporando incansavelmente a barriga já castigada e com a pele minando sangue dos cavalos. Era só questão de tempo. O Cigano apontou para um grotão fechado e nos empenhamos na mata e amarramos nossos cavalos e depois caminhamos até a borda e ficamos deitados e entocados e esperando pelos desgraçados. Eles diminuíram o ritmo e pararam a uma distância segura. Ficaram ali parados debaixo do sol conversando e talvez tramassem estratégias de que nem ao menos suspeitávamos. Dois homens desceram dos animais e pegaram suas armas e vieram caminhando meio agachados e se entocando atrás das pedras e depois correndo. O resto do bando deles seguia parado. O Cigano ordenou ao capitão-do-mato cego de um olho que saísse pelo flanco esquerdo e a um outro que fosse para o flanco direito. Quando aqueles dois estavam já ao alcance das nossas miras, o Cigano disparou e tombou o primeiro e disparou em seguida e tombou o segundo. Não tinham morrido. Agonizavam e erguiam os braços, gemendo e clamando por socorro. Um dos homens do bando se desgarrou do resto e tocou um berrante e galopou de volta pelo mesmo caminho do qual vieram. Os outros três avançaram nos seus cavalos e atiraram contra nós e seus tiros passaram sobre nossas cabeças e cravejaram as árvores e eles se deitaram no chão ao lado dos feridos e continuaram atirando de tempos em tempos.

É agora, disse o Cigano.

E se levantou. Ele caminhou na direção deles e atirou e eles também atiraram e depois os dois capitães-do-mato que cobriam os flancos surgiram pelas diagonais e os homens deitados se levantaram e tentaram montar nos cavalos, mas caíram mortos. Saqueamos suas munições e mantimentos e pegamos nossos cavalos e seguimos em frente.

Eles não vão desistir, disse o Cigano. Vão nos caçar até as portas do inferno.

Mais adiante, o caminho desembocou num ribeirão coberto de pedras, com uma grande cachoeira ao fundo. O Cigano ergueu o braço e distribuiu os homens para uma emboscada. Escondido atrás de uma pedra, aguardei. Não demorou muito. Ao fim daquele dia surgiram uns vinte homens fortemente armados. Entre eles um sujeito montado num gigantesco cavalo branco. Um homem grande e com um tampão no olho e uma enorme cicatriz que nascia da boca. Era o Sabará. Ele olhou ao redor e deu ordens a dois rastreadores que logo atravessaram o ribeirão e seguiram em frente. Eles desceram dos cavalos e estudaram o lugar. Foi nessa hora que o Cigano deu o primeiro tiro. Acertou o cavalo branco. Os homens naquele ribeirão se deitaram e atiraram a esmo sem saber de onde vinham os tiros. Estavam cercados. Caíam como moscas. Alguns tentaram montar nos animais e fugir, mas viraram um alvo fácil e a maioria dos cavalos havia debandado. No final daquela carnificina, corpos caídos, e agonizando. Entre eles o destemido Sabará. E eu colhia pólvora e chumbo enquanto acompanhava o Cigano indo de corpo em corpo e passando sua lâmina no pescoço daqueles que ainda gemiam. Aproximou-se por último do Sabará. Ele ainda balbuciava coisas incompreensíveis. E deve ter reconhecido o Cigano. E o Cigano sorriu ao vê-lo ali caído e indefeso. Um grande guerreiro sem forças e prestes a desaparecer.

Finalmente nos reencontramos, velho amigo, disse o Cigano.

Depois ele pediu para que nos afastássemos e vigiássemos o local. Então o Cigano virou o corpo do Sabará de costas. E o sodomizou.

6

A pele possui uma virtualidade de desapego, uma capacidade de se retirar e de se separar da carne que ela envolve, escreve o filósofo francês Jean-Luc Nancy. E continua: o esfolado mantém a forma inteira do corpo e todas as características de sua atividade em vida, e portanto mesmo assim sabemos que se trata aí de uma espécie de monstro, de robô ou de mutante inquietante, senão repulsivo, pois exibe aquilo que não é para se ver: que não só permanece escondido sob a pele, mas que precisamente está escondido porque toda esta maquinaria deve animar a pele sob a qual se move, palpita, respira e metaboliza.

*

O duelo entre Mársias e Apolo, que termina com Mársias esfolado, é também o duelo do *aulo*, a flauta de duas cabeças, e a lira. Pois a lira é o instrumento da harmonia, de uma rigidez matemática, da afinação objetiva e regulada pelo esticar preciso das cordas. Enquanto o instrumento de Apolo é afinado segundo valores precisos e harmoniosos, diz Jean-Luc Nancy, a flauta é apaixonada e vibra sob a respiração, como a voz, ventos e trovões. Esse é o motivo que leva Platão a condenar o *aulo*, canto primitivo, ligado às sensações do corpo, em benefício da lira, de melodia elevada, precisa, instrutiva. A performance de Mársias, quase perfeita, virtuosa, depende do desempenho do corpo, dos músculos, da intensidade e do controle do fôlego, do ar que jorra dos pulmões, e depois da boca e das bochechas infladas, enrubescidas. Depende também do ritmo dos batimentos cardíacos, pois o respirar, mais lento ou mais afoito, mais longo ou mais entrecortado, altera a cadência do coração. É provável que Mársias, durante sua apresentação, tenha dançado, como bom pupilo de Dionísio. Atena abandonou o *aulo* porque as prostitutas, únicas mulheres a frequentar banquetes, o tocavam. A dança profana de Mársias, toda potência irracional do corpo, da melodia manifesta nos músculos da face, alcançava não a lógica simétrica das cordas, mas o improviso, a intuição, uma sabedoria inconsciente mais antiga, que encantou as próprias Musas e inebriou o Rei Midas, o único que, de acordo com algumas versões da história, manteve seu voto em favor de Mársias. Foi essa força irracional, essa beleza do exagero e desmesura, que enfureceu Apolo. O som bruto da vida nua, orgânica, anterior ao homem, anterior à palavra. O sopro da flauta imita o canto dos pássaros, o sibilar profético das víboras. E talvez ele tenha arrancado a pele de Mársias só para ver o que havia *por baixo*, em busca da origem daquela força. Uma força que o deus da luz, escravo das simetrias e das explicações, era incapaz de compreender.

*

Mársias, assim como os demais sátiros, embora fosse um ser divino, não era imortal. Uma das razões desses meio-homens com pés de cabrito e pequenos chifres na cabeça buscarem obsessivamente o êxtase através do exagero, da desmedida, do desrespeito aos limites. O êxtase no dilaceramento dos limites do corpo não é outra coisa senão uma forma de tentar compensar sua condição precária, a inexorável mortalidade. O coração de Mársias estava próximo do coração dos homens. E se afastava da racionalidade da lira, da frieza da faca de Apolo.

*

Enquanto gritava, arrancava-se-lhe a pele de todos os membros; seu corpo não era nada mais que uma chaga. O sangue jorrava de todos os lados; seus músculos, expostos nus, estão visíveis; veem-se suas veias onde o sangue bate, e nenhuma pele o recobre, estremecendo, se poderiam contar as palpitações de suas vísceras, e, no seu peito, as fibras, entre as quais passa a luz. Ovídio. *Metamorfoses*. Livro seis.

*

Apolo, branco, luminoso, numa raiva equilibrada, começa a arrancar a pele do sátiro. Mársias grita e chora. Então diz, em meio aos lamentos: por que me arranca de mim mesmo?

*

Não é por acaso que o duelo entre Apolo e Mársias volte como motivo recorrente nas pinturas barrocas. Há registros mais antigos, em gravuras medievais e até pré-medievais. Mas ninguém melhor que o artista barroco – habituado a manejar o pincel nessa região abissal entre a luz e as trevas – para encontrar o tom preciso para essa cena.

Caravaggio, que na juventude pintou a si mesmo como um pequeno Baco Doente, e cuja visão sombria e realista das passagens mais violentas da Bíblia nos assombra até hoje, também investigou esse duelo de forma exemplar. Mársias, ou um dos seus discípulos, está caído, totalmente subjugado, humilhado, com os braços amarrados por uma lasca de corda presa a um toco de árvore. Apolo parece um menino, as bochechas rosadas, com o pé esquerdo apoiado na barriga do sátiro. Os olhares dos dois se cruzam numa diagonal aguda. Ao fundo, o azul do céu está encoberto por uma placa cinzenta de nuvens. Na visão do artista, Apolo começa a rasgar a pele de Mársias justamente na sua metade mais bestial: sua metade bode, coberta de couro e pelo. Não há nenhuma gota de sangue na pintura.

*

São Bartolomeu, que em algumas passagens da Bíblia aparece com o nome de Natanael, e que conhece Jesus próximo de uma figueira, foi um dos mais fiéis apóstolos de Cristo. Depois da morte de Jesus, Bartolomeu vagou pela Ásia e Europa Oriental pregando o Evangelho. Por ordem de um governador local, foi preso no Daguestão, entre o mar Negro e o mar Cáspio. Foi amarrado a uma árvore e esfolado vivo. Em outras versões, foi amarrado de cabeça para baixo, numa cruz transversal, e torturado. Em ambos os casos, teve a pele arrancada. No altar da Capela Sistina, em detalhe do Juízo Final de Michelangelo, Bartolomeu aparece bem próximo de Cristo, quase tocando a perna esquerda do filho de Deus. É um homem careca, de longa barba cinzenta. Na mão direita traz uma faca apontada para cima. E na mão esquerda segura a sua própria pele, como um corpo oco, uma bexiga sem ar, uma veste de borracha, que escorre e aponta para baixo, onde os demônios riem e castigam os infiéis.

*

É curioso como Apolo, a luz da razão, acabe por assumir certo parentesco com o Lúcifer do cristianismo. O antigo deus das bruxas italianas, *Dianus Lucifero* (Divino Portador da Luz), liga-se à entidade romana da Estrela Matutina ou do Esplendor. Na maioria das pinturas barrocas retratando o duelo contra Mársias, Apolo é um homem de pele extremamente branca, de uma palidez luminosa. Noutras vezes, sua cabeça irradia um círculo de claridade, como uma estrela, portadora da luz. Algo semelhante acontece com as antigas gravuras pré-medievais da divindade pagã Lucifero, que o apresentam com uma coroa na cabeça, imitando os raios do sol. Os teólogos medievais, para combater o paganismo, crenças e cultos originais do povo, deturparam e perverteram a figura de Lúcifer/Apolo, transformando-o num anjo decaído e condenado ao inferno. Mas o mito da queda de Lúcifer acabou por se configurar no mito do abandono da lucidez, do abandono da razão em benefício da fé cega nos dogmas católicos. No mundo sombrio dos padres, não há lugar para a luz. E é justamente daí que vêm as teorias heréticas de que a própria Igreja Católica seja o anticristo. Pois ela inverteu e deturpou os valores e a verdade. Expulsou a luz da razão para as trevas do inferno, enquanto instalava um reino setenta vezes sete mais sombrio e cruel sobre a terra.

*

Walter Benjamin. *Origem do drama barroco alemão.* Página duzentos e cinquenta e três. Do luto, derivam três promessas satânicas originais, todas de natureza espiritual. O drama barroco mostra continuamente sua eficácia, ora na figura do tirano, ora na do intrigante. O que seduz é a ilusão da liberdade, na investigação do proibido; a ilusão da autonomia, no ato de segregar-se da comunidade dos crentes; e a ilusão do infinito, no abismo vazio do Mal. Pois é próprio da Virtude ter um fim à sua frente, um modelo, isto é, Deus; e é próprio de toda depravação mover-se numa jornada infinita, no interior do abismo. A teologia do Mal pode portanto ser derivada muito mais diretamente da queda de Satã, em que se confirmam esses temas, que das advertências com que a doutrina da Igreja estigmatiza esse caçador de Almas. A espiritualidade absoluta, visada por Satã, destrói-se ao emancipar-se do Sagrado.

*

Pintores medievos reproduziram exaustivamente o martírio de São Bartolomeu. Nos registros mais remotos, ele está deitado numa cama de tortura. Seus carrascos, com adagas turcas ou russas, começaram a lhe arrancar a pele na região posterior da coxa. Entre esses registros mais antigos, há uma gravura datada de mil quatrocentos e oitenta, pintada por Matteo di Giovanni, em que o santo católico aparece de pé, completamente esfolado, com exceção do rosto. O vermelho vivo do corpo de Bartolomeu em carne viva contrasta com um fundo verde escuro. A pele desce ao redor do pescoço e para nas suas mãos, como se fosse um manto ou sudário.

Na Catedral de Milão, uma das mais complexas edificações em estilo gótico da Europa, que levou cerca de quatrocentos anos para ser finalizada, há uma imponente estátua de Bartolomeu, talvez inspirada naquela gravura medieval. Obra do artista Marco d'Agrate, a escultura de bronze e folheada em ouro foi finalizada no ano de mil quinhentos e sessenta e dois. Como na gravura, a pele de Bartolomeu lhe serve de manto, só que dessa vez o mártir católico segura o Evangelho na mão esquerda, apoiando-o sobre a perna. Na mão direita, há uma adaga, hoje com a lâmina quebrada. A pele da cabeça está invertida, caída no meio das costas. Mas o que chama a atenção nessa representação do martírio é o detalhamento com que o artista esculpiu o corpo sem pele. Os traços dos músculos das pernas, como cordas, fitas de carne estirada, o rosto cadavérico, as mãos com os ossos e veias saltadas e protuberantes. Uma cadáver fresco e meio vivo que tivesse de repente levantado do túmulo. Conforme o tempo passa, as pinturas e gravuras que apresentam o martírio de São Bartolomeu, também conhecido como Senhor do Vento, vão mudando e, curiosamente, assumindo uma estranha filiação com o esfolamento de Mársias.

*

No ensaio *O esfolamento de Mársias* – publicado em dois mil e dezessete em italiano, e traduzido e publicado em português em dois mil e dezoito por Vinícius N. Honesko –, Giorgio Agamben relaciona a evocação de Dante ao deus Apolo no início do livro do *Paraíso* à pintura de Ticiano. De acordo com Agamben, Ticiano lê a cena mitológica do esfolamento a partir de uma identificação pessoal com a angústia criativa de Dante, as portas do reino dos céus. Ao projetar a si mesmo para dentro do quadro, Ticiano encena a própria angústia saturniana, a melancolia criativa.

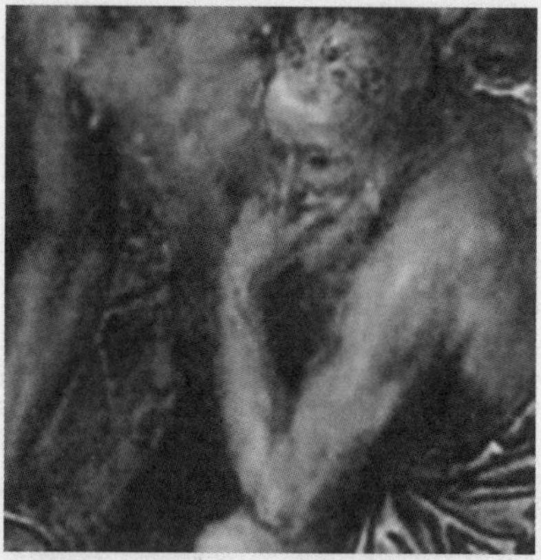

Diz Agamben: Assim como na *Pietà* Ticiano havia se representado no velho seminu prostrado diante da Virgem, em *O Esfolamento de Mársias* ele inseriu o próprio autorretrato no personagem Midas que, enquanto no desenho de Giulio Romano se recobre os olhos, aqui contempla absorto o massacre sanguinário com a pose saturnina do melancólico – a mesma que, segundo a tradição aristotélica, tão familiar no Renascimento, caracteriza *aqueles que são distintos na filosofia, na poesia e nas artes* (*Problemas*, XXX). Ainda mais surpreendente é o rosto de Mársias, que, como já foi observado, não apenas não exprime dor, mas *uma mistura de assombro, incredulidade e resignação*, e, com uma escolha iconográfica que aumenta o efeito de interpelação, mantém fixo o olhar nos olhos do espectador. Em relação a estes dois personagens, o jovem Apolo coroado com louros parece concentrado em sua cruel operação – juntamente com seu ajudante cita – com a vigilante indiferença de um açougueiro que despela, segundo as regras de seu trabalho, o animal.

*

Agamben, no entanto, não joga nenhuma luz sobre a citação de Dante. Ele escreve: A despeito de como se queira interpretar a invocação dantesca, é certo que *o esfolamento de Mársias* é aí uma metáfora da inspiração.

Curiosa inspiração. Disso já sabemos. O que não sabemos: se o problema é figurar a inspiração para cantar o divino, por que não invocar as Musas? Por que, diante do medo da voz falhar, não invocar o próprio Verbo, ou aquele Espírito Santo que faz os profetas inspirados *falarem línguas*?

O que não sabemos, fundamentalmente, é por que se invoca o deus Apolo, o cruel Apolo que, durante o medievo, possuiu um estranho parentesco com Lúcifer.

Como se, na encruzilhada entre os reinos do Purgatório e do Paraíso, o poeta, para efetuar sua ascensão, se abrisse a um pacto com o deus mau. O verdadeiro deus. Cumprindo, assim, as antigas profecias gnósticas.

Agamben, de forma até mesmo involuntária, na *escolha das palavras*, acaba reforçando essa tese. É, de fato, como ele diz, uma *invocação dantesca.*

*

Serpente=Apolo=Lúcifer=Satã=Serpente.

*

Wikipédia. Verbete Laocoonte. Acesso vinte três de março de dois mil e dezoito. Laocoonte era filho de Acoetes, irmão de Anquises; ele era um sacerdote de Apolo, mas, contra a vontade de Apolo, se casou e teve filhos, Antífantes e Timbreu. Quando Laocoonte estava fazendo um sacrifício a Poseidon, Apolo enviou duas serpentes de Tênedos, que mataram o sacerdote e seus descendentes. Segundo os frígios, isto aconteceu porque Laocoonte havia arremessado sua lança contra o Cavalo de Troia.

Possivelmente a mais antiga referência ao mito seja uma tragédia perdida de Sófocles, que possuía o mesmo nome. A lenda seria relembrada por Quinto de Esmirna em seu trabalho *Posthomerica*, uma continuação da *Ilíada*. No entanto, o relato é mais popularmente conhecido pela escultura que inspirou e pelo poema épico latino *Eneida*, de autoria de Virgílio no século I a.C.

*

William Blake, que inúmeras vezes pintara um Lúcifer solar e elogiara o grande protagonismo de Satã no *Paraíso Perdido* de Milton, ficara fascinado pelas serpentes de Apolo. Na sua gravura, cópia da escultura datada de quarenta antes de Cristo, além de reproduzir a luta e agonia do pai, escreveu enigmáticos aforismos que rodeiam a imagem como serpentes: [Jeová] & seus dois Filhos Satã & Adão.

*

Não menos estranha é a lenda popular de que o dia dedicado ao santo Bartolomeu, vinte e quatro de agosto, seja o dia em que o diabo é contemplado com alforria e pode deixar provisoriamente o Inferno. Há gravuras heréticas em que Bartolomeu aparece acompanhado de um cão, noutras vezes de um sátiro. Todavia, essa lenda talvez tenha sua origem nos massacres de Paris, ocorridos em mil quinhentos e setenta e dois, justamente no dia de São Bartolomeu. Por ordem da família real francesa, dezenas de líderes protestantes foram assassinados na noite do dia vinte e quatro de agosto. Mas as forças reais, que eram católicas, não pararam por aí. E continuaram seus ataques sistemáticos por vários meses, invadindo casas e templos, perseguindo camponeses desarmados. Levantamentos mais recentes apontam que cerca de setenta mil pessoas, entre mulheres e crianças, idosos e doentes, foram sumariamente assassinadas pelas autoridades católicas francesas. Há um quadro de François Dubois, pintor da época, que dá a dimensão da violência. À esquerda de quem olha, na parte inferior, enquanto um soldado arrasta um velho pelo pescoço em direção a um rio, deixando um rastro de sangue para trás, encontramos os cadáveres de duas crianças: uma menina de vestido e sapatos roxos e um bebê, completamente nu e sem vida. No rio, vermelho vivo, homens e mulheres se afogam no próprio sangue. No centro e ao fundo, há uma pilha de corpos nus, a maioria mulheres, curiosamente observadas por uma freira vestida de preto. Mas é à direita que as cenas mais brutais aparecem, a começar por três soldados que brincam com a cabeça decepada de um homem aos seus pés. Depois disso, encontramos dois homens enforcados no topo de mastro altíssimo, mas que também poderia ser uma cruz. Um de cada lado. Abaixo deles, no canto direito do quadro, o cadáver de uma mulher nua, grávida, com as tripas cxpostas. Tripas que se misturam ao cordão umbilical e envolvem e sufocam o natimorto. Olhando o quadro de François Dubois, não encontramos nenhuma figura de chifres, espeto ou tridente. O que se vê é o próprio inferno. Um inferno liberto e forjado pelos servos de Deus.

O inferno está vazio – escreveu William Shakespeare, em *A Tempestade*: Todos os demônios estão aqui.

VII

Nas terras do Mato Grosso, encharcadas e cheias de aves de mil cores, cavalgamos sem muita resistência. Compramos mantimentos numa paragem na divisa e indagamos o velho senhor sobre os guaicurus.

Numa vila mais ao norte, ele disse, talvez alguém possa ajudar vocês. Ou talvez, ele sorriu, eles encontrem vocês antes que vocês os encontrem.

Seguimos à beira de um rio cuja margem oposta quase desaparecia de vista e depois atravessamos uma região cheia de bovinos vigiados por soldados que nos olharam de longe, mas depois recuaram. No sétimo dia, alcançamos uma vila e nessa vila havia um menino índio num cavalo e esse menino disse que o homem que o Cigano procurava estava para além do vale, mas que os brancos não podiam ir até lá. O Cigano deu duas moedas ao menino e enviou seus recados e mais uma pequena porção de moeda num saco. Os capitães-do-mato se enfiaram num prostíbulo e Mair e eu ficamos sentados à sombra de uma árvore fumando seu cachimbo e relembrando as histórias que havíamos vivido até ali. Moisés e o Cigano haviam sumido. Quando o menino voltou no dia seguinte, arrumamos nossas coisas e o seguimos pela encosta de uma montanha e depois atravessamos um pântano. Do outro lado havia um desses jaguares pintados e ele rugiu e nos encarou. Mas os capitães-do-mato o espantaram com tiros e depois deram mais tiros a esmo na mata fechada apenas para garantir e fomos em frente. Os rios eram cheios de piranhas e nas bordas daquelas águas turvas os olhos de crocodilos brilhavam refletindo o sol. No fim da tarde avistamos dois cavaleiros no alto de um mirante e eles galoparam em nossa direção e falaram com o menino naquela língua ancestral e depois saíram na frente e nós os seguimos à certa distância. Então eles começaram a surgir. Um grande número de homens grandes e musculosos e belos cavalos sem sela e pinturas nos rostos e alguns com armas de fogo e outros com lanças e flechas. Abriram caminho para que passássemos e avançamos temerosos pela aldeia e no centro havia um velho cercado por dois outros homens jovens e com lanças nas mãos. Esperem aqui, disse o Cigano. Ele saltou do seu cavalo e ele e o menino caminharam até o velho. O Cigano estendeu o pequeno baú ao velho e um dos seus guardas o pegou e abriu e depois entregou ao velho. Ele enfiou a mão lá dentro e depois fez um maneio de cabeça e saiu andando na direção de uma daquelas tendas e o Cigano o acompanhou e eles entraram numa delas e passaram o resto do dia conversando e chegando a um acordo. Descemos dos cavalos e as mulheres da tribo, queimadas de sol, nos ofereceram mel e frutas e também pedaços de carne de peixe e depois água em cabaças e tigelas de barro. Havia entre os índios um jovem de olhar arredio que não parecia satisfeito com a nossa presença. Reparei que havia entre eles prisioneiros.

Cativos, disse Mair. Cayapós, bororós. Talvez derrotados e agora escravizados e sem língua e cultura.

O Cigano saiu da tenda do chefe e veio até nós e comeu e bebeu e disse que partiríamos ao amanhecer e entrou em uma daquelas ocas.

São grandes guerreiros, disse Mair. Os maiores guerreiros dessas terras. Nunca se renderam aos brancos e nunca foram derrotados. São livres.

E Mair tinha toda razão. Ergueram uma fogueira enorme no centro da aldeia e cantaram e dançaram empunhando lanças e depois se reuniram ao redor do fogo e contaram histórias naquela língua que para mim era como um segredo impenetrável.

Nossa legião partiu liderada pelo jovem de olhar arredio. Trazíamos na retaguarda dezenas de mulas e duas carroças que arrastavam mantimentos e munição e tendas para serem montadas e desmontadas. Eram mais ou menos uns duzentos cavaleiros. O Cigano tirou um pano de suas coisas e abriu e era uma bandeira da Coroa que talvez nos garantisse livre passagem por postos avançados e patrulhas nas estradas. Seguimos em fila e havia sempre dois batedores mais adiante que vez ou outra voltavam e conversavam com o jovem general guaicuru e com o Cigano que abria seu velho mapa e eles paravam e deliberavam sobre rotas e caminhos e sobre perigos e outras coisas mais. À noite eles acendiam grandes fogueiras e depois voltavam com caça ou peixe e às vezes cantavam ou apenas contavam histórias. Ao amanhecer acariciavam seus cavalos e falavam com eles e depois subiam e galopavam em frente e sem medo. Naquela vila próxima à divisa, os capitães-do-mato nos deixaram e mesmo na despedida não disseram nada e a única coisa que fizeram foi abanar os chapéus.

Durante várias semanas não encontramos qualquer obstáculo no caminho. Nossa rotina seguia tranquila. Já de volta às regiões interiores do sertão mineiro, avistamos na estrada uma tropa de negros. Estavam cercando os caminhos, talvez cobrando algum tributo aos passantes. Eram uns dez cavaleiros com armas de fogo e espadas e facões. O Cigano deu ordens para que parássemos e foi sozinho até eles e depois voltou e eles abriram caminho e ficaram maravilhados olhando a nossa tropa avançar. Maravilhados como os viajantes que cruzavam nossos caminhos e os bandidos que se afastavam apenas com o rumor daquele som telúrico da multidão de cavalos e nem mesmo as cobras e os jaguares pareciam capazes de suportar o tremor da terra com as pancadas dos cavalos. O que era uma vantagem, mas também uma desvantagem. Pois era provável que as histórias de uma tropa de cavaleiros avançando sobre os sertões já tivessem se espalhado por toda a Comarca do Rio das Mortes.

A mais ou menos dois dias de alcançar as fronteiras da Mantiqueira, os batedores desapareceram. Uma chuva rala banhava nossos rostos. O jovem líder dos guaicurus e o Cigano conversaram por muito tempo e depois mandaram meia dúzia de cavaleiros na frente para rastrear nosso futuro e eles também não voltaram. Avançamos em formação, divididos em grupos de cinquenta. A chuva aumentou e já começava a escurecer. Não havia qualquer sinal dos corpos dos cavaleiros que haviam desaparecido à nossa frente. A estrada então se afunilou numa passagem estreita cercada pela serra. Ficamos espremidos naquela passagem.

Se preparem, disse o Cigano, já espreitando o que estava por vir.

Uma saraivada de tiros saiu à nossa esquerda e tombou alguns cavaleiros e o jovem índio ordenou a um pelotão que avançasse na direção dos tiros e eles saltaram dos cavalos e se embrenharam na mata e houve mais tiros e gritos e depois outros tiros e mais nada. Então os índios voltaram arrastando um cadáver.

Ora, disse o Cigano. Se não é Salvador Garcia. Um dos generais dos proscritos.

O Cigano disse para Moisés decepar a cabeça e guardá-la num saco. Então seguimos em frente. A garganta que subia pela serra se afunilava ainda mais e o terreno era íngreme e as carroças não podiam avançar. Montamos acampamento como um posto militar. No dia seguinte, seria a primeira lua cheia de novembro. E do outro lado da serra, conforme o planejado, uma tropa de soldados da Coroa também fechava a passagem. O Cigano conversou com o jovem índio e eles decidiram mandar um mensageiro até Januário. Ele pegou uma de minhas folhas e escreveu meia dúzia de palavras e o guaicuru escalou os caminhos empunhando uma bandeira branca. Três horas depois ouvimos um cavalo se aproximar e em cima do cavalo havia apenas um saco. O Cigano o abriu e ali estava o corpo do índio, partido em pedaços como um boneco de madeira desmontado.

Ora, ora, disse. A soberba será seu túmulo.

O Cigano e o líder guaicuru passaram horas traçando planos, sozinhos e com o mapa aberto sob a luz da fogueira. Ao amanhecer juntaram um pelotão de trinta homens liderados por um guerreiro coberto de cicatrizes e que trazia um colar com dentes de jaguar. Aqueles homens subiram a serra e sua missão era fazer um ataque rápido e testar as defesas de Januário. Voltaram três dias depois com metade dos homens e se reuniram com o Cigano e o líder dos guaicurus e contaram que havia negros e índios, mas que não eram muitos, e que as passagens eram estreitas e facilitavam as guarnições lá em cima.

Vamos avançar com tudo, disse o Cigano. Empurrar esses malditos lá de cima.

O céu amanheceu limpo naquela manhã. Os índios alisaram as crinas de seus cavalos e falaram com eles e alguns fumavam um cachimbo e jogavam fumaça na cara dos cavalos e faziam pinturas de guerra e depois montavam e partiam. Aqueles que portavam armas de fogo foram à frente. Avistamos dois batedores e o Cigano matou um deles e o outro fugiu.

Depois avistamos pequenas construções e, mais ao longe, uma clareira que servia como plantação. Caminhamos um dia e meio até chegar às guarnições onde encontraríamos as terras do proscrito. Cavamos trincheiras e derrubamos árvores ao longo do caminho e tivemos que descer dos cavalos e partir algumas delas e muitas vezes entrar na mata e depois voltar para a trilha. Ao final do dia avistamos a morada de Januário. Eles haviam erguido muros com toras de madeira e pequenos muros de pedra e estavam entrincheirados. O Cigano cavalgou ao redor e estudou aquelas guarnições e mandou grupos pequenos ao redor para garantir que não houvesse nenhuma saída para os homens de Januário e o próprio Januário.

Vamos atacar no meio da noite, disse o Cigano.

Descemos e montamos acampamentos e alguns dos índios afiavam suas facas ou davam água aos cavalos e fizemos uma refeição e ficamos ali sentados e esperando. Mair se aproximou e sentou ao meu lado. Ficou em silêncio.

Estou com um mal pressentimento, ele disse.

Eu olhei para ele e disse que não havia o que temer. Estávamos em um número maior e acompanhados de grandes guerreiros. E que aquele ataque seria uma mera formalidade.

Não sei, ele disse. Talvez você tenha razão.

A lua surgiu limpa e imponente e clareou a paisagem daquelas serras como um sol pálido e sereno. Moisés tinha desaparecido naquela multidão. Talvez tivesse fugido, covarde como era. Estávamos prontos para o ataque. Aguardando as ordens do Cigano. Ele e o líder dos guaicurus parados no alto de seus cavalos olhando ao longe. A luz branca caía sobre o corpo pálido do Cigano e o corpo do Cigano parecia fosforescer antes da batalha.

Um silêncio assustador. Foi aí que ouvimos gritos e tiros vindos da retaguarda. De onde eu estava, avistei uma tropa de cavaleiros negros e suas foices reluziam na escuridão. Nos atacaram com tudo e o Cigano ordenou a um grupo que se embrenhasse na mata e atacasse por trás e assim eles fizeram. Mas quando o ataque parecia sob controle, um destacamento inimigo de cavaleiros partiu do alto da Mantiqueira e ficamos espremidos dos dois lados e escondidos na mata e atirando a esmo. Gritos e urros e flechas. Um negro passou ao meu lado e sua foice atingiu meu cavalo que gemeu e escoiceou e me jogou no chão. Caí e rolei para trás de uma árvore e atirei uma primeira vez e acertei o cavalo do negro e depois uma segunda vez e ele tombou dentro da floresta. Não dava para saber como estavam as coisas na trilha. Mesmo assim avancei atirando e vi cavaleiros guaicurus lutando com lanças contra negros com foices e também de mãos nuas e apenas com facas. Então uma tropa ainda maior saiu das trincheiras de Januário e desceu na nossa direção e talvez tivessem vindo com todas as suas forças. Eles atiraram com tudo e lascas de árvores caíam e cavalos e homens no chão sem braços e com as cabeças partidas e o sangue ganhava um brilho cinza sob a luz branca da lua. Entocados e resistindo e escondidos na floresta. Próximo do amanhecer, quando os homens de Januário e os negros nos espremiam cada vez mais fundo e dispersos na mata, ouvi uma corneta militar, ao longe. Era a tropa que havia partido de São Paulo. Avançaram sobre as guarnições de Januário e massacraram qualquer coisa viva naquela povoação herética e botaram fogo nas moradias e logo desceram atirando e tombando as tropas dos proscritos. Os guaicurus se reagruparam e avançaram e tocaram os negros para longe e depois avançaram pelas costas dos proscritos e furaram seus corpos e apenas uma meia dúzia deles sobreviveu. Abandonaram suas armas no chão e gritavam e choravam e um deles mijado e pediam clemência em nome de Deus.

Entre eles havia um homem calado e de cabeça erguida e que nada disse mesmo quando foi questionado. O Cigano foi até ele e o levantou.

Vejam, senhores, ele disse. É o maior proscrito dessas terras. É apenas um homem.

O Cigano enfiou a mão sob a camisa de Januário e arrancou um colar de orelhas e sorriu e depois o jogou no chão. Arrastou Januário até próximo das construções e ali mesmo o amarrou a uma árvore. Apenas um homem. Desembainhou sua faca e começou a esfolá-lo vivo. O que se seguiu, meus olhos não tiveram coragem de ver. Caminhei para o campo de batalha, à procura de Mair. Havia muitos índios feridos, mas nossas baixas no geral foram poucas. No alto da serra, o vento empurrava as chamas que reduziam a pó a comunidade de Januário. Não encontrei Mair na trilha e nas bordas da mata. Pressenti o pior. Chamei seu nome na trilha e depois na mata e depois outra vez na trilha.

Caminhei entre os cadáveres e procurei seu rosto e isso também foi inútil. Ao amanhecer, o corpo de Januário não passava de uma grande chaga. Crucificado de cabeça para baixo. Os índios e soldados olhavam curiosos aquela aberração em carne viva. Não parecia um homem. O Cigano esticou as lascas da pele de Januário e as prendeu como panos às árvores e deixou aquilo secando e cozinhando sob o sol. Com a luz do dia, voltei a procurar Mair. Não estava entre nossos mortos. Caminhei pela mata e com a ajuda de alguns índios vasculhamos cada metro quadrado daquele lugar. Encontramos três cadáveres. Dois índios, bem próximos, cravejados de tiros. E um terceiro, bem longe da batalha. Era meu amigo. Tinha a arma nas mãos, o rosto tranquilo e sem ferimentos. Também nenhuma marca no peito ou barriga. Com ajuda do índio, ergui seu corpo. Só aí a causa de sua morte se revelou. Uma facada pelas costas. Apanhei o cachimbo e o fumo, que tantas vezes havíamos compartilhado, e os guardei comigo. Então colocamos seu corpo num cavalo e depois o enterrei e coloquei uma cruz no alto daquela serra. E se fosse um homem de Deus, teria rezado por sua alma. Os índios cantaram preces que não pude entender. O Cigano se aproximou. Ficou ali parado. Olhando para a cruz e não disse nada. Então se agachou e afundou uma moeda de ouro na cova.

Sua parte, ele disse.

E não sei se fizera aquilo por honra ou por escárnio, como quase tudo que aquele desgraçado fazia. Moisés estava dividindo os espólios de Januário com os soldados de São Paulo nas ruínas daquela pequena vila. Estava feliz. Me olhou e sorriu. Eu sorri de volta e depois fui procurar meu cavalo.

Aos pés da serra, acampamos uma última vez. Havia um riacho mais ao norte. Depois de comer, Moisés saiu para beber água e encher sua cabaça. Se ajoelhou na beira do riacho e bebeu um primeiro gole. E depois colocou a cabaça para encher. Me aproximei dele e ele se virou de repente e sacou sua arma.

Nunca mais faça isso, ele disse. Pode levar um tiro.

Eu me agachei junto à água e coloquei minha cabaça para encher.

Diferente de você, eu disse, não sou do tipo de apunhalar pelas costas. Ele me encarou.

Sua moralidade me espanta, escriba, disse Moisés. Resistir às demandas desse inferno. Ele tapou sua cabaça e foi embora.

Seguimos com os guaicurus até um entroncamento do Caminho Novo. Ali esperamos por três dias e um grupo de dragões chegou com um baú e entregou ao jovem líder dos nativos. Ele conferiu o ouro e depois se despediu e os índios avançaram e se afastaram.

Era bonito ver aquela legião de guerreiros cavalgar. Então sumiram da vista numa dobra de serra. Nunca mais vi índios como aqueles. O Cigano disse que eu estava livre para ir embora, caso quisesse. Livre para fazer meus acertos com o homem que nos contratou. E que aproveitasse a escolta dos dragões para rumar até ao Rio de Janeiro. Fiz conforme ele dissera. Ele me estendeu a mão.

É um bom soldado, escriba, disse o Cigano. Mas talvez sua maior luta ainda esteja por vir.

Não compreendi nada daquilo. Ao longe, Moisés me ergueu o chapéu: Nos vemos por aí, escriba.

Eu não disse nada. Apenas fui embora.

Reencontrei o capitão que havia me contratado no mesmo local de antes. Ele passou os três sacos de ouro e a escritura de uma propriedade em Lisboa. Pegou o manuscrito, meu relatório, do qual tinha feito uma cópia, e guardou junto a si.

Estamos muitos satisfeitos, ele disse. Foi tudo conforme o planejado.

Sim, eu disse. Tudo.

Então saí dali e caminhei até uma taverna e bebi duas doses de cachaça e também um vinho morno e muito doce e depois comi pedaços de carne de porco e dormi com uma meretriz de olhos escuros e meio índia e contei a ela sobre Mair e sobre as minhas aventuras e que partiria no próximo navio e talvez nunca mais voltasse a estas terras.

Nunca mais é muito tempo, ela disse. Tempo demais.

Ela estava dormindo quando deixei aquele lugar e larguei três moedas de ouro no travesseiro ao seu lado e mais três de prata ao taverneiro e caminhei à beira do porto ao lado de andarilhos e bêbados e vadios e um deles tentou me atacar, mas estava tão bêbado que o lancei no chão sem resistência e ali também deixei uma moeda. Desci até a praia e me sentei.

Acendi o cachimbo de Mair. Olhando o mar. As ondas quebravam com força e o vento estremecia o ar como um urro profano oriundo das profundezas da terra enfurecida. De volta ao porto, ajeitei minha viagem a Lisboa e então retornei outra vez àquela taverna. O lugar cheio. Cheio demais. Me sentei aos fundos e abaixei meu chapéu e não pedi nada e fiquei ali esperando e olhando ao redor. Fumaça e conversa e risadas e aquele cheiro de homens rústicos e acostumados ao pior do pior. Foi aí que aconteceu. Entre aqueles figuras e rostos estranhos e bêbados e talvez porque eu também estivesse bêbado e sem dormir e cansado vi aquele rosto, ao mesmo tempo familiar e estranho, surgir na multidão. Uma sombra. Difusa, furtiva. Eu nunca entenderia muito bem o que vira naquela taverna nas horas indefinidas que antecedem ao amanhecer. Olhei outra vez e o vulto encapuzado me encarou e não sorriu e virou as costas e caminhou atrás de outros corpos. Não era possível. Uma névoa pálida e tênue envolvia aquele rosto ou talvez fossem meus olhos já sem nitidez. Um rosto espectral cujas linhas da face desenham limites que se atravessam e se atropelam como nessas pinturas muito antigas. Arrastado por um estranho magnetismo, saí no encalço daquela aparição. Ele caminhou por ruas estreitas e vazias e sujas que exalavam um cheiro forte de peixe apodrecido e morto e entre cachorros carnicentos e ossudos que por algum motivo obscuro não latiam e se encolhiam e gemiam pelos cantos. O homem de capuz se movia de um modo lento, mas, por mais que acelerasse minha marcha, ele estava sempre um estreito lance de futuro à minha frente. Parecia adivinhar meus passos. Caminhou até o porto e depois simplesmente desapareceu como fumaça no ar na dobra de uma esquina. Acelerei meu passo ainda mais e encarei todos os rostos que encontrei. Ele tinha desaparecido para nunca mais, como se tivesse cumprido sua função. Foi nessa hora que uma voz familiar surgiu mais à frente. As ondas estouravam e chiavam mais além. O sol vinha surgindo. O homem de barba apertou a mão do outro e depois caminhou na direção da praia. Levava uma garrafa em uma das mãos e avançava meio trôpego e prestes a cair e numa dessas vezes caiu e se levantou e quase caiu outra vez. Estava sem condições de resistir. Sentou-se contemplando o mar, de costas para mim. Caminhei devagar e o único barulho era o chiado das ondas e do meu coração sufocado. Talvez fosse essa a verdadeira intenção daquela estranha figura encapuzada da taverna. Talvez coisa pior. Saquei minha faca.

Moisés, eu disse.

Ele se virou e arregalou os olhos e minha lâmina passou de uma vez no seu rosto, e cortou suas mãos. Ele até tentou correr, mas eu já o tinha derrubado. De costas contra a areia. O mar continuava chiando e avançando contra a praia e depois recuando e as ondas estouravam como pólvora explodindo pedras e rochas meio ocas e duras como metal. Minha faca entrou até o cabo em suas costas. Forcei e torci e virei sua lâmina para cima e puxei junto à coluna e a forcei e ele esperneou e mordeu os próprios lábios e salivou e cuspiu sangue na areia. Estava morto. Era o fim. Então virei sua cabeça de lado. Canalha. E lhe arrancei fora uma orelha.

7

No espólio de José de Alencar, informa seu biógrafo Lira Neto, havia uma série de textos incompletos, alguns rascunhos, e também listas, contendo apenas uma série de misteriosos títulos, títulos dos livros que Alencar ainda desejava escrever. Entre eles, era possível ler: *Sete-Orelhas*. Mas foram escritores não tão famosos, cronistas da província, que mais se dedicaram à narrativa de Januário. Contos, crônicas, cordéis e biografias que tentaram em vão capturar a verdade ao redor de Januário. Encontrei pelo menos uma dezena de livros. Há também um documentário mais ou menos amador, com boas fontes, e um filme para TV, de baixa qualidade, produzido no começo dos anos noventa. Recentemente, quando estava bastante avançado no meu trabalho, vi Januário ressurgir no faroeste moderno *O matador*, ambientado no sertão nordestino, no início do século vinte. Um fantasma que não para de aparecer.

No geral, podemos dividir essas narrativas em duas grandes versões. Alguns seguem a linha de Joaquim Norberto, que poderíamos muito bem chamar de versão paulista. Outros estão lastreados na linha que desemboca na memória oral do sul de Minas, que podemos chamar de versão mineira. Em ambos os casos, é difícil provar qualquer coisa. Os estudos historiográficos muitas vezes confundem o Januário histórico, o bandido que liderou a Gangue dos Garcia, com o Januário ficcional, popularizado por Joaquim Norberto. Nos dois casos, a regra é ignorar o assassino e exaltar o herói.

*

Em dezembro de dois mil e dezessete, depois de quase dois anos reunindo anotações e rascunhos, esboços e inícios falsos, descobri um folhetim anônimo, publicado no obscuro jornal *Tribuna de Lavras*, por volta dos anos quarenta do século passado. Um velho amigo, que tinha então assumido a Secretaria de Cultura de São Bento Abade, vinha trabalhando no projeto de tombamento da narrativa de Januário como patrimônio imaterial. Para tanto, me contratou para que pudesse auxiliar na montagem de um dossiê. Levei tudo que tinha recolhido até então. Minhas memórias das conversas com Tião das Almas, o material historiográfico e ficcional, os esboços e notas de um ensaio sobre o esfolamento de Mársias e o esfolamento em geral e a relação cabal dessa prática e desse mito com o esfolamento do irmão ou filho de Januário. Quando ele me apresentou os arquivos que ele havia juntado, me deparei com os primeiros capítulos desse folhetim, publicado na *Tribuna de Lavras*, em meados do século passado. Seu título era *Pesadelo Tropical*, mas sem qualquer menção a autor ou data da publicação original. Ao que parece, o texto era a transcrição de um velho manuscrito, ou pelo menos se anunciava como tal (informava uma nota de rodapé do jornal), a transcrição de um relato real da caçada ao bandido Januário Garcia. O manuscrito, no entanto, estava incompleto e vinha escrito numa linguagem muito dura, como esses relatórios e cartas régias, que circulavam na Colônia. O narrador é um escriba mercenário, encarregado não apenas de caçar Januário, mas de reportar às autoridades como a prisão havia se dado. Procurei os donos da *Tribuna* em busca de edições antigas do jornal. Eram dois jovens médicos, ambos deputados estaduais, com sobrenomes famosos, sobrenomes de velhos coronéis. Desde que assumiram o jornal, fizeram questão de montar um arquivo. Mas o material que acumularam, além de estar cheio de lacunas, datava de uma época posterior ao folhetim. O antigo dono, e fundador do jornal, um velho fazendeiro de uma tradicional família da região, já tinha falecido havia muitos anos. E seus herdeiros, preocupados com a administração agropecuária, não guardaram qualquer exemplar daqueles tempos. Procurei também em outros jornais da região e mesmo na capital, no Arquivo Público Mineiro, na biblioteca da UFMG, da UFSJ, da UFJF, materiais microfilmados e fichas, mas não havia nenhum rastro de que aquela história houvesse circulado por outras partes. Me sobrou apenas meia dúzia de páginas. E foi a partir daí que comecei a escrever.

*

Jacques Le Goff. *História e memória*. Páginas cento e dez e cento e onze. Tradução de Irene Ferreira, Bernardo Leitão, Suzana Ferreira Borges. O historiador não deve ser apenas capaz de discernir o que é *falso*, avaliar a credibilidade do documento, mas também saber desmistificá-lo. Os documentos só passam a ser fontes históricas depois de estarem sujeitos a tratamentos destinados a transformar a sua função de mentira em confissão de verdade. Jean Bazin, ao analisar a produção de um conto histórico – a história do aparecimento do célebre rei de Segú (Mali), no início do século XIX, feita por um literato muçulmano apaixonado pela história de Segú, em mil novecentos e setenta –, adverte que na medida em que não se considera a si próprio ficção, um conto histórico é sempre uma armadilha: poderíamos acreditar com facilidade que o seu objeto lhe dá um sentido, que não ultrapassa aquilo que conta, enquanto que na realidade a lição da história oculta outra, política ou ética, que, digamos assim, está por fazer.

*

Mas como um assassino vira um herói? Talvez seja necessário assumir que os gestos de marginalidade tenham menos a ver com desvios individuais e mais a ver com pequenos *gaps*, colapsos, interrupções, curtos-circuitos em que o sistema começa a falhar e ataca a si mesmo. A criminalidade com ares revolucionários, como Hobsbawm analisa no livro *Bandidos*, encena a função de guiar o povo contra a opressão de um Estado sufocante, ou ausente, cujos limites da desigualdade tornam-se insuportáveis. Porém nem todo bandido é aquele anti-herói bem-comportado, de cabelo despenteado e barba por fazer, projetado na pacífica tela do cinema de shopping. Tampouco carrega a nobreza ingênua de um Robin Hood, que apresentamos aos nossos filhos, em tom edificante, antes de dormir. Menos ainda um mártir de uma antiga religião clandestina que, diante da espada do centurião, não esmorece nem recua – sua alma está *desde sempre* salva no outro mundo. No geral, bandidos como Januário são acidentes sociológicos. Brotam numa comunidade como anticorpos sociais contra a doença do caos irrestrito. E atacam o próprio corpo social.

No caso específico de São Bento Abade – onde ergueram uma estátua para Januário e a figueira em que seu irmão teria sido esfolado vivo se transformou em um ponto turístico –, tudo não passa de um erro de transmissão. Um erro cuja origem é um folhetim escrito por Teixeira de Meirelles e publicado pela primeira vez em mil oitocentos e oitenta e sete.

O móvel deste escrito, escreve Meirelles, é restabelecer pelos erros havidos e seguidos na descrição da vida de Januário Garcia. O autor, no entanto, não cita nenhuma fonte. Sua obra é uma obra de ficção, ou de uma memória inventada, no máximo, uma lenda familiar. É fato que a gangue dos Garcia passou por aquelas bandas. Incendiou e promoveu um grande massacre na região das Lavras do Funil. Cartas da época atestam esses crimes, mas a história de vingador, de um filho ou irmão esfolado, perde-se no horizonte da lenda, no exagero da memória oral. A narrativa de Meirelles, republicada em livro em mil novecentos e quarenta e nove, confunde a antiga região da Vila de São Bento de Tamanduá, da época da Colônia, com o recém-criado município de São Bento Abade. Os moradores de São Bento Abade e região repetem, em sua memória oral, não uma narrativa ancestral amparada em documentos, mas a ficção memorialística de Meirelles. Um causo impresso em livro e propagado como fato histórico. Rastreando a questão do esfolamento, voltamos ao mito do sátiro Mársias, ao apóstolo São Bartolomeu e ao profeta gnóstico Mani. Imagens que desaparecem e reaparecem por séculos no imaginário popular e, metamorfoseadas, terminam por reforçar e exaltar a bravura sanguinária dos bandeirantes, colecionadores de orelhas. Na história de um homem sem pele, esfolado vivo aos pés de uma figueira, a exaltação da catástrofe. Como escreve Aimé Césaire, em *Discurso sobre o Colonialismo,* não nos livraremos facilmente dessas cabeças de homens, dessas orelhas cortadas, dessas casas queimadas, dessas invasões góticas, deste sangue fumegante, dessas cidades que se evaporam pelo fio da espada.

*

Escreve Carla Anastasia. Página cento e treze do seu livro. De acordo com informações do capitão das milícias Joaquim José da Cruz, ao ouvidor da Comarca do Rio das Mortes, o bando de Januário Leal abrigava todo tipo de criminosos. Quinze assassinatos a sangue frio, registrados em processo. Um massacre à vila das Lavras do Funil, liderado por um dos seus capitães, Matheus Garcia Leal, matando crianças, mulheres. Velhos e doentes.

*

Reportagem de Mike Shanahan, da *BBC Earth*. Doze de abril de dois mil e dezessete. Há mais de dois mil anos, o galho de uma importante árvore foi cortado sob ordens de Ashoka, o Grande, imperador da Índia. Diz-se que foi embaixo dessa mesma árvore que Buda alcançou a iluminação – Ashoka deu status de realeza ao galho e o plantou em um vaso de ouro. Essa história, baseada no poema épico Maja-vansha (*A grande linhagem*, em tradução livre), fala da espécie de figueira que os cientistas chamam de *Ficus religiosa*. Mas ela não é a única que existe. Há mais de setecentos e cinquenta tipos de figueira – e nenhuma outra planta influenciou tanto a imaginação no transcorrer da história (...) Ela também aparece nos hinos de guerra cantados pela civilização védica há três mil quinhentos anos. E, mil e quinhentos mil anos antes, apareceu na mitologia e na arte da civilização do Vale do Indo. Estão presentes ainda em histórias de ficção, folclore e ritos de fertilidade. A mais notória é a figueira-de-bengala (*Ficus benghalensis*), uma árvore tão grande que de longe parece um pequeno bosque. Dizem que uma figueira-de-bengala do Estado de Uttar Pradesh, na Índia, é imortal. Outra, mais ao sul, teria florescido no lugar onde uma mulher desesperada se jogou na pira funerária do marido, morrendo queimada – essa árvore, em Andhra Pradesh, pode abrigar vinte mil pessoas.

*

Tião das Almas gostava de dizer que a vingança de Januário custou caro. Cabeça do homem esquece, dizia. Deus não. Família terminou morta. Filho e mulher. Ficaram sabendo que não tinha homem mais lá e vieram assaltar. Nem sei se Januário ficou sabendo. Sei que morreu depois também, escondido, sozinho, de nome trocado. Foi ajeitar uma porteira. E parece que o negócio pegou ele desconcentrado. Uma pancada seca. Paft. Sem ninguém pra acudir. Na cabeça. Bem pertinho da orelha.

Epílogo

Eram tantas cruzes pregadas nos cemitérios, em todas aquelas jovens vilas nos caminhos ermos daquelas terras, que a numerosa população de mortos já ultrapassava há muito o número de vivos. E isso ia além das guerras antigas, dos eventos extraordinários que batizaram com sangue esta comarca, Comarca do Rio das Mortes. Massacres agenciados pelos paulistas, os confrontos sangrentos com os emboabas, à beira daquele rio. Pois a legião de mortos sobrepondo-se aos vivos é uma das poucas verdades sólidas da era dos homens, desde que Adão havia provado da árvore do conhecimento e sido expulso do Paraíso. E tal seria a causa da descrença em um derradeiro juízo. Um derradeiro juízo capaz de alcançar todos que um dia pereceram e viveram nestas terras e em todas as terras sobre as quais se têm notícias e mesmo naquelas regiões mais afastadas, inóspitas e invisíveis, ainda não alcançadas pelas linhas e grades dos mapas e calendários. Um juízo capaz de sussurrar seu chamado inebriante à beira de cada lápide, de cada cruz, de cada uma das infinitas ruínas sem nome sob as quais se erguem novos impérios. Um juízo tão poderoso que contemplasse até mesmo a legião de mortos anônimos e sem túmulo e cujos ossos triturados pelo peso dos séculos já fossem menos que pó. Um juízo capaz de inaugurar um tempo derradeiro para fora do próprio tempo e em que cada morte fosse sumariamente renunciada e todos os homens de todos os tempos respirassem o mesmo ar.

Mas para o Deus de Abraão e dos profetas – diria meu velho amigo sacerdote, estudioso dos escolásticos –, nada é impossível. E na verdade – ele insistiria –, o reino para além do juízo está também para além dessas terras.

Pode ser, eu responderia. Mas apenas sob a condição de que o peso incalculável de choro e ranger de dentes, acumulado desde a origem do vazio dos séculos, fosse um enigma tão terrível e inescrutável como as ulcerações que varreram o corpo de Jó, o mais fiel dos servos, preenchendo com feridas cada uma das minúsculas e infinitas raízes e fissuras encravadas no seu crânio. Fazendo arder, e até mesmo queimar, cada minúsculo milímetro da sola dos seus pés. Cânceres mastigam sua pele. Incham seus olhos. Caminham para dentro das orelhas. O corpo pulsa, uma única chaga, sob o céu mudo.

Em meio aos sonhos alarmantes da noite, talvez dissesse meu amigo padre, quando um sono profundo cai sobre os seres humanos, temor e tremor se apoderaram da minha alma e fizeram tremer todos os meus ossos. Um espírito, como um sopro, passou ante meu rosto e senti todos os pelos do meu corpo arrepiarem-se imediatamente. Ele parou, mas não consegui identificá-lo. Um vulto se pôs diante dos meus olhos em meio ao silêncio, e escutei uma voz suave, que me indagava: Pode um ser mortal ser perfeitamente justo diante de Deus? Pode o ser humano se conservar puro em seus caminhos sob o olhar do Criador?

Imagino Jó como um antigo Deus dos hindus, eu confessaria ao meu jovem amigo. Deitado sobre as próprias dores, sonhando dolorosa e profundamente a vida de todos os homens, sonhando nossas vidas em conjunto e em particular, sonhando nossos sonhos, desde os séculos dos séculos. E esse sonho dentro do sonho é aquilo que chamamos de história. Um pesadelo do qual ele jamais poderia acordar.

Agradecimentos

Este livro foi escrito como parte da minha dissertação de mestrado. Agradeço ao Programa de Estudos Pós-Graduados em Literatura e Crítica Literária, da PUCSP, que acolheu o projeto e à Fapesp, pela bolsa de pesquisa. Agradeço à minha então orientadora Annita Costa Maluf e também à professora Diana Navas, da PUC, e ao Márcio Seligman-Silva, da Unicamp, que participaram das bancas de qualificação e banca final, contribuindo com ideias e críticas. Agradeço especialmente ao amigo Luís Roberto Amabile, escritor e professor de Escrita Criativa na PUCRS, que leu e comentou a primeira versão do livro. Ao amigo Lincoln Daniel de Souza, então Secretário de Cultura de São Bento Abade (MG), por disponibilizar materiais referentes à lenda do Sete Orelhas. Ao meu editor e amigo Leopoldo Cavalcante, pelo trabalho atencioso e cuidadoso que deu acabamento a essa obra. Aos amigos Gael Rodrigues e Camilo Gomide, interlocutores das angústias que acompanharam os anos tortuosos de escrita deste livro. À Kah Dantas, pela revisão atenciosa. E Luana Saturnino Tvardovskas pelas conversas, entusiasmo de todos os dias e referências sempre muito inspiradoras na fase final do processo; e por me emprestar sua bíblia do Rei James para consultas.

Crédito das citações

(em ordem de aparição)

Origem do Drama Barroco Alemão, Walter Benjamin, tradução de Sérgio Rouanet; *Passagens*, Walter Benjamin, tradução de Irene Aron, Cleonice Paes Barreto, Belo Horizonte; *Territórios de Mando: Banditismo em Minas Gerais no século XVIII*, Célia Nonata da Silva; *A Geografia do Crime*, Carla Anastasia; *Grande Sertão: Veredas*, Guimarães Rosa; *The History of Brazil*, John Armitage; *A Divina Comédia: Paraíso*, Dante Alighieri, tradução por Italo Eugenio Mauro; *Templo Pré-Asteca Dedicado ao Senhor Esfolado*, Revista Galileu; *O Cortiço*, Aluísio de Azevedo; *História Completa e Verídica do Famoso Bandido Paulista Diogo da Rocha Figueira*; *História Universal dos Terremotos, Que Tem Havido no Mundo, De Que Ha Noticia, Desde A Sua Creação Até o Século Presente: Com Huma Narraçam Individual do Terremoto do Primeiro de Novembro de 1755*; *Deuteronômio, Capítulo 28, Versículos 23 e 24*, Bíblia do Rei James; *O Sete Orelhas ou a História das Perseguições aos Descendentes dos Colonos de Origem Flamenga no Brasil*, Luciano D'Alessandro; *Januário Garcia – O Sete Orelhas. Drama em Três Atos e Cinco Quadros*, Martin Francisco Ribeiro de Andrada; *Januário Garcia*, Dranmor; *Origem do Drama Barroco Alemão*, Walter Benjamin, tradução de Sérgio Rouanet; *Metamorfoses*, Ovídio, tradução de Domingos Lucas Dias; *A Pele Essencial*, Jean Luc Nancy, tradução de Charles Feitosa; *O Esfolamento de Mársias*, Giorgio Agamben, tradução de Vinícius N. Honesko; *Discurso sobre o Colonialismo*, Aimé Césaire, tradução de Claudio Willer; *A Geografia do Crime*, Carla Anastasia; *História e Memória*, Jacques Le Goff, tradução de Irene Ferreira, Bernado Leitão, Suzana Ferreira Borges; *A Árvore que Guiou a História Humana e Sustenta a Vida de Milhares de Espécies*, Mike Shanahan.

Créditos das imagens

(em ordem de aparição)

Imagens bíblicas, 1860, Julius Schnorr von Carolsfeld; *Igreja Velha*, data desconhecida, Luminárias (MG), arquivo pessoal; *Placa da Figueira do Tira Couro*, 2016, São Bento Abade (MG), arquivo pessoal; *Portão da Figueira do Tira Couro*, 2016, São Bento Abade (MG), arquivo pessoal; *Estátua de Januário Garcia Leal*, 2012 , praça de São Bento Abade, São Bento Abade (MG), Lincoln Daniel de Souza; *De Humani Corporis Fabrica*, 1543, Andreas Vesalius; Print do livro *The History of Brazil*, de John Armitage, 1836; Imagem sem título atribuída a Píton, entre 360 e 320 AEC; Print de *Januário Garcia ou Sete Orelhas*, 1852; Print de *Historia completa & veridica do famoso bandido paulista Diogo da Rocha Figueira mais conhecido pelo cognome de Dioguinho por um Delegado de Polícia*, 1949, por João Amoroso Netto; Detalhe de *Ilustrações do Inferno de Dante*, 1481, Sandro Botticelli; *Alegoria ao Terramoto*, 1755, João Glama Strobërle; *St. Michael*, 1663, Luca Giordanoa; *São Jorge e o Dragão*, 1889/90, Gustave Moreau; *Apollo extermina Píton*, 1850/51, Eugène Delacroix; *A Destruição do Leviatã*, 1866, Gustave Doré; *Beemote e Leviatã*, 1827, litografia de William Blake; *Apolo e Mársias*, de José de Ribeira, 1637; *Mársias esfolado por ordens de Apolo*, 1735, Charles André van Loo; *Apolo e Mársias*, século XVII, Giulio Carpioni; *Mársias violentado pelas musas*, 1640, Jacob Jordaens; *Bruxas queimando em Derenburg*, 1555, autoria desconhecida; *El Aquelarre*, 1821/23, Francisco de Goya y Lucientes; Ilustrações para o livro de Jó, objeto 6, *Satanás ferindo Jó com furúnculos*, 1821, William Blake; *Ilustrações a aquarela para Paraíso Perdido de Milton*, 1808, William Blake; *São Miguel matando o dragão*, 1584, Hieronymus Wierix. ; *Apolo desafia Mársias*, 1581 - 1612, Theodor Galle; *Apolo, Mársias, Midas e Pan*, 1581, Melchior Meier; *Apolo esfola Mársias*, 1571 - 1610, escola de Caravaggio; Detalhe de *Juízo Final*, 1541, Michelangelo; Foto de obra *San Bartolomeo Scorticato*, 2006, Marco D'Agrate, Catedral de Milão; Detalhe de *A esfola de Mársias*, 1570 - 1575, Ticiano; *Laocoonte e Seus Filhos*, 27 AEC - 68 EC, atribuído a Agesandro, Atenodoro e Polidoro; *Laocoonte*, cópia B, objeto 1, 1826, William Blake; O massacre de São Bartolomeu, 1572/84, François Dubois.

Cara leitora, caro leitor

A **ABOIO** é um grupo editorial colaborativo.

Começamos em 2020 publicando literatura de forma digital, gratuita e acessível.

Até o momento, já passaram pelo nossos pastos mais de 500 autoras e autores, dos mais variados estilos e nacionalidades.

Para a gente, o canto é conjunto. É o aboiar que nos une e que serve de urdidura para todo nosso projeto editorial.

São as leitoras e os leitores engajados em ler narrativas ousadas que nos mantêm em atividade.

Nossa comunidade não só faz surgir livros como o que você acabou de ler, como também possibilita nos empenharmos em divulgar histórias únicas.

Portanto, te convidamos a fazer parte do nosso balaio!

Todas as apoiadoras e apoiadores das pré-vendas da **ABOIO**:

—— **têm o nome impresso nos agradecimentos de todas as cópias do livro;**

—— **são convidadas a participarem do planejamento e da escolha das próximas publicações.**

Fale com a gente pelo portal **aboio.com.br,** ou pelas redes sociais (**@aboioeditora**), seja para se tornar uma voz ativa na comunidade **ABOIO** ou somente para acompanhar nosso trabalho de perto!

Vem aboiar com a gente. Afinal: **o canto é conjunto.**

Apoiadoras e apoiadores

131 pessoas apoiaram o nascimento deste livro. A elas, que acreditam no canto conjunto da **Aboio**, estendemos os nossos agradecimentos.

Adriane Figueira
Alexander Hochiminh
Alexandre Marcos
Aline Coser
Allan Gomes de Lorena
André Balbo
André Leones
André Pimenta Mota
Andreas Chamorro
Anna Carollina Lima de Rezende
Anthony Almeida
Arthur Lungov
Bianca Monteiro Garcia
Caco Ishak
Caio Girão
Caio Narezzi
Calebe Guerra
Camila do Nascimento Leite
Camilla Rezende
Camilo Gomide
Carla Guerson
Carolina Bataier
Carolina Nogueira
Carolina Quintella
Cecília Garcia
Cintia Brasileiro
Cleber da Silva Luz
Cristina Machado
Daniel Dago
Daniel de Morais Caetano
Daniel Giotti
Daniel Guinezi
Daniel Leite
Daniela Rosolen
Danilo Brandao
Denise Lucena Cavalcante
Dheyne de Souza
Diogo Cronemberger
Eber Faria

Eduardo Rosal
Enio Biavati
Francesca Cricelli
Frederico da Cruz
Vieira de Souza
Gabo dos Livros
Gabriel Cruz Lima
Gabriela Machado Scafuri
Gael Rodrigues
Giselle Bohn
Guilherme da Silva Braga
Gustavo Bechtold
Henrique Balbi
Henrique Emanuel
Henrique Silva
Jadson Rocha
Jailton Moreira
Jéssica Queiroz
João Luís Nogueira
Joca Reiners Terron
Jorge Eduardo Cordeiro
Julia Nascimento
Júlia Vita
Juliana Costa Cunha
Juliana Slatiner
Juliane Carolina Livramento
Julio Faria
Kah Dantas
Larissa Mota
Laura Redfern Navarro
Leitor Albino
Leonardo Pinto Silva
Lincoln Souza
Lolita Beretta
Lorenzo Cavalcante
Lourdes da Conceição
Araújo Almeida
Luana Saturnino
Tvardovskas
Lucas Ferreira
Lucas Filinto
Lucas Lazzaretti
Lucas Verzola
Luciano Cavalcante Filho
Luciano Dutra
Luis Felipe Abreu
Luís Roberto Amabile
Luísa Machado
Manoela Machado Scafuri
Marcela Roldão
Márcia Castrillo
Marco Bardelli
Marcos Vitor Prado de Góes
Maria Inez Frota
Porto Queiroz
Mariana Donner
Mariana Murad
Leite Andrade
Marília Careli
Marina Lourenço
Mário Lucas
Marlene Lima

Mateus Torres Penedo Naves
Mauro Paz
Menahem Wrona
Michele Araújo Carvalho
Milena Martins Moura
Minska
Nara Barrocal
Natalia Timerman
Natália Zuccala
Natan Schäfer
Oscar Rocha Santos
Otto Leopoldo Winck
Patryck Carvalho
Paula Maria
Paulo Cezar Mello
Paulo Scott
Pedro Torreão
Pietro Portugal
Rafael Mussolini Silvestre
Renato Nakazato
Ricardo Cambraia
Rodrigo Barreto de Menezes
Ruan de Sousa Gabriel
Sergio Mello
Sérgio Porto
Terezinha Pedreira
de Almeida
Teto Fu
Thais Fernanda de Lorena
Thassio Gonçalves Ferreira
Tiago De Lima Souza
Valdir Marte
Vera Helena Saad Rossi
Vinícius Ferreira Batista
Weslley Silva Ferreira
Yvonne Miller

Outros títulos

1 Anna Kuzminska, *Ossada Perpétua*
2 Paulo Scott, *Luz dos Monstros*
3 Lu Xun, *Ervas Daninhas,* trad. Calebe Guerra
4 Pedro Torreão, *Alalázô*
5 Yvonne Miller, *Deus Criou Primeiro um Tatu*
6 Sergio Mello, *Socos na Parede & outras peças*
7 Sigbjørn Obstfelder, *Noveletas*, trad. Guilherme da Silva Braga
8 Jens Peter Jacobsen, *Mogens*, trad. Guilherme da Silva Braga
9 Lolita Campani Beretta, *Caminhávamos pela beira*
10 Cecília Garcia, *Jiboia*
11 Eduardo Rosal, *O Sorriso do Erro*
12 Jailton Moreira, *Ilustrações*
13 Marcos Vinicius Almeida, *Pesadelo Tropical*
14 Milena Martins Moura, *O cordeiro e os pecados dividindo o pão*
15 Otto Leopoldo Winck, *Forte como a morte*
16 Hanne Ørstavik, *ti amo*, trad. Camilo Gomide
17 Jon Ståle Ritland, *Obrigado pela comida*, trad. Leonardo Pinto Silva
18 Cintia Brasileiro, *Na intimidade do silêncio*
19 Alberto Moravia, *Agostino*, trad. André Balbo
20 Juliana W. Slatiner, *Eu era uma e elas eram outras*
21 Jérôme Poloczek, *Aotubiografia*, trad. Natan Schäfer
22 Namdar Nasser, *Eu sou a sua voz no mundo*, trad. Fernanda Sarmatz Åkesson
23 Luis Felipe Abreu, *Mínimas Sílabas*
24 Hjalmar Söderberg, *Historietas*, trad. Guilherme da Silva Braga
25 André Balbo, *Sem os dentes da frente*
26 Anthony Almeida, *Um pé lá, outro cá*
27 Natan Schäfer, *Rébus*
28 Caio Girão, *Ninguém mexe comigo*

ABOIO

EDIÇÃO Leopoldo Cavalcante

ASSISTÊNCIA EDITORIAL Marcela Roldão

COMUNICAÇÃO Luísa Machado

REVISÃO Kah Dantas

ILUSTRAÇÃO DA CAPA Francisco Herrera el Viejo

Grafia atualizada segundo o Acordo Ortográfico da Língua Portuguesa de 1990, que entrou em vigor no Brasil em 2009.

Os personagens e as situações desta obra são reais apenas no universo da ficção: não se referem a pessoas e fatos concretos, e não emitem opinião sobre eles.

Dados Internacionais de Catalogação na Publicação (CIP)
Aline Graziele Benitez — Bibliotecária — CRB-1/3129

Almeida, Marcos Vinícius
Pesadelo Tropical / Marcos Vinícius Almeida;
-- São Paulo : Aboio, 2023.

ISBN 978-65-980578-3-1

1. Romance brasileiro I. Título

23-171332 CDD-B869.3

Índices para catálogo sistemático:
1. Romance : Literatura brasileira

[2023]

ABOIO

São Paulo — SP
(11) 91580-3133
www.aboio.com.br
instagram.com/aboioeditora/
facebook.com/aboioeditora/

Esta obra foi composta em Adobe Text Pro.
O miolo está no papel Polén Natural 80g/m².
A tiragem desta edição foi de 500 exemplares.

[Primeira edição, outubro de 2023]